KB115315

변혁
1990

13

천지무천 장편소설

FUSION FANTASTIC STORY

변혁 1990 13권

천지무천 장편 소설

초판 1쇄 찍은 날 § 2015년 8월 17일
초판 1쇄 펴낸 날 § 2015년 8월 24일

지은이 § 천지무천
펴낸이 § 서경석

편집책임 § 한준만

펴낸곳 § 도서출판 청어람
등록번호 § 제1081-1-89호
등록일자 § 1999. 5. 31
어람번호 § 제1-2203호

주소 § 경기도 부천시 원미구 심곡2동 163-2 서경B/D 3F (우) 420-822
전화 § 032-656-4452 팩스 § 032-656-4453
http://www.chungeoram.com
E-mail § chungeorambook@daum.net

ⓒ 천지무천, 2013

ISBN 979-11-04-90368-7 04810
ISBN 978-89-251-3388-1 (세트)

변혁

1990

천지무천 장편소설

13

FUSION FANTASTIC STORY

Contents

Chapter 1	7
Chapter 2	23
Chapter 3	39
Chapter 4	67
Chapter 5	81
Chapter 6	99
Chapter 7	127
Chapter 8	157
Chapter 9	191
Chapter 10	213
Chapter 11	259
Chapter 12	277

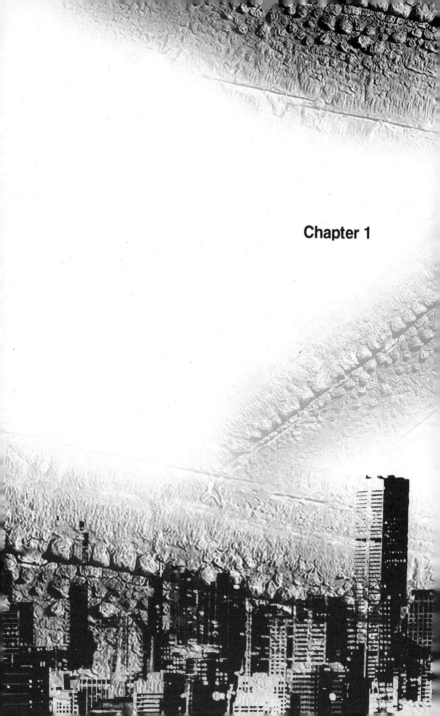

Chapter 1

배달 실패!

계획했던 것과 달리 박상미의 일이 틀어진 것이다.

문제는 지금 당장 박상미의 안전을 확인할 방법이 없었다.

율리나와 박상미의 안전을 위해 경호를 붙인 코사크 보안요원들을 믿고 기다릴 수밖에 없었다.

날짜를 보면 오늘이 박상미가 블라디보스토크에 도착하는 날이다.

분명 그곳에서 문제가 발생한 것이다.

마음 같아서는 블라디보스토크로 곧장 날아가고 싶었지만 블라디보스토크행 비행기는 하루에 한 번만 운항한다.

박상미를 도울 방법을 최대한 찾아야 했지만 지금은 아무것도 할 수가 없었다.

그때 마침 김만철이 호텔 방으로 들어왔다.

"무슨 일 있습니까? 표정이 안 좋아 보입니다."

"박상미 씨의 일이 잘못된 것 같습니다."

"예, 그게 무슨 말씀입니까?"

김만철이 매우 놀라며 물었다.

"지금 전화가 왔습니다. 배달 실패라고."

배달 실패라는 말은 박상미가 블라디보스토크에 무사히 도착하지 못했을 때를 가리키는 말이었다.

"박상미의 동선을 파악할 만한 곳이 없었을 텐데. 쌍! 어떤 놈들이 나타난 거야."

김만철은 짜증 섞인 말을 내뱉었다. 그는 박상미를 동생처럼 생각했었다.

그의 가족들 모두가 요덕수용소로 끌려가 생사가 불투명한 상태였다.

가족들의 생사를 알기 위해 김만철은 백방으로 알아보는 중이었다.

수용소로 끌려간 가족 중에 박상미 또래의 여동생이 있

었기 때문에 김만철은 그녀의 일에 더욱 신경이 쓰였다.

"후! 저도 지금 당장 손을 쓸 방법이 없어 답답합니다. 비행기도 내일이 되어야 탈 수 있으니까요."

"대표님이 다시 블라디보스토크로 들어가면 일이 더 꼬일 수 있습니다. 박상미와 대표님이 연관된 것을 행여라도 러시아 정보기관이 알게 된다면 러시아에 벌이고 사업에 큰 지장을 초래할 것입니다."

김만철의 말이 맞았다.

가장 우려되는 것은 박상미의 안전이었다. 그리고 그다음 문제는 그녀를 도운 일이 러시아 정부에 알려지면 무척 심각해질 수 있다는 것이다.

박상미가 북한으로 운반하려고 했던 것이 핵물질과 핵무기 설계도였기 때문이다.

내가 아무리 옐친 대통령과 친분이 있다고 해도 이번 문제는 쉽게 넘어갈 수 없었다.

자칫 옐친이 나를 감싸다가는 그의 정적들에게 아주 좋은 먹잇감을 제공할 수 있었다.

러시아의 권력을 장악한 옐친도 모든 일을 자기 뜻대로 할 수는 없었다.

"후! 차라리 우리가 블라디보스토크에 있었으면 달라졌을 수도 있었을 텐데."

절로 한숨이 나왔다. 모든 걸 너무 긍정적으로만 생각했던 것이 문제였다.

"우리가 있어도 터질 문제라면 소용이 없었을 겁니다. 율리냐가 잘해줄 것입니다. 아주 강단 있는 처자가 아닙니까?"

김만철의 말처럼 율리냐는 강하고 실력이 뛰어났다.

나에게 면접을 보는 날에도 자신이 가장 잘할 수 있는 일이 사람을 죽이는 일과 지키는 일이라고 했다.

"잘 알고 있습니다. 믿고 기다려야 하지만 이렇게 손을 놓고 기다리고 있자니까 답답하기만 합니다."

"박상미의 운명은 쉽게 끝나지 않을 것입니다. 그랬다면 대표님을 만나지 말았어야 합니다."

나를 안심시키기 위해 말하는 김만철의 눈도 심하게 흔들리고 있었다.

그가 지금 한 말은 자신에게 하는 말이었다.

김만철 또한 나와 같은 마음이었다.

*　　　*　　　*

박상미가 올라탄 기차를 작전부의 인물들이 뒤지기 시작했다.

"독 안에 든 쥐니까, 놓치지 마라우."

강영훈의 입가에는 미소가 지어졌다. 이번 일로 그는 잘하면 공화국영웅의 칭호도 받을 수 있었다.

공화국영웅이 되면 평생 먹고살 걱정은 하지 않아도 된다.

또한 자신의 위치도 작전부 내에서 더욱 확고하게 굳혀질 것이다.

모스크바에서 출발할 때도 정말 박상미가 블라디보스토크에 나타나리라고는 전혀 예상하지 못했다.

박상미를 쫓는 다섯 명의 인물 중 두 명은 기차의 양옆에서, 나머지 세 명은 기차 안을 샅샅이 뒤지고 있었다.

승객과 승무원이 다 내린 기차에는 뒷정리하는 청소부만 올라타 있었다.

두려움에 사로잡힌 박상미는 기차의 뒤쪽 칸으로 계속 움직였다.

박상미는 자신을 쫓고 있는 작전부의 강영훈이 얼마나 잔인한 인간인지 잘 알고 있었다.

그에게 훈련을 받는 동안 자신과 동료들은 강영훈에게 심한 구타와 함께 큰 모욕감은 물론 성추행까지 당했다.

박상미는 심한 두려움으로 인해서 공황상태에 빠져 버렸다.

율리냐는 자연스럽게 뒤를 따랐다.

박상미를 잡으려는 인물들 외에 다른 인물들이 있을 수도 있었다.

아니나 다를까, 다른 동양인 두 명이 새롭게 나타났다.

그들은 조심스럽게 기차로 접근하고 있었다.

코사크의 보안요원들 또한 기차 플랫폼 뒤쪽에 몸을 숨기며 상황을 주시하고 있었다.

미묘한 상황에서 잘못 나섰다가는 자칫 박상미가 위험에 처할 수 있었다.

박상미가 있는 방향으로 움직이는 율리냐. 그녀는 어느샌가 청소부 복장을 하고 있었다.

박상미는 기차의 마지막 칸까지 몰렸다.

작전부의 인물은 절대로 서둘지 않았다. 이미 그녀는 그물에 걸린 물고기였다. 그들은 박상미를 서서히 옭아매었다.

박상미는 기차의 마지막 칸에서 밖으로 나가려 했지만, 다시 기차로 올라설 수밖에 없었다.

작전부의 인물이 기차의 문을 막아서며 올라서고 있었다.

"오래간만이오, 박상미 동무."

비릿한 웃음을 지으며 올라오는 인물은 박상미를 알고 있었다.

그는 박상미와 함께 공작 교육을 받은 인물이었다.

박상미는 그의 등장에 주춤주춤 뒤로 물러났다. 하지만 그를 기다리고 있는 것은 작전부의 인물들을 이끌고 있는 강영훈이었다.

"어이! 박상미 동무, 그동안 몰라보게 예뻐졌소."

강영훈은 천천히 박상미에게 다가갔다. 좁은 기차 안에서 박상미가 피할 곳은 더는 없었다.

"나는 공화국으로 돌아가지 않을 거야!"

박상미는 앙칼지게 소리쳤다.

"이런 이 애미나이가 정신이 나가구먼."

짝!

강영훈은 그런 박상미를 사정없이 후려쳤다.

철퍼덕!

매서운 강영훈의 손찌검에 박상미는 맥없이 쓰러졌다.

"일으켜 세우라우."

강영훈의 말에 작전부 인물이 박상미를 일으켰다. 그녀의 입술에서는 붉은 피가 흘러내렸다.

"위대한 수령님과 공화국을 배신한 결과가 어떤 것인지

내가 직접 보여주갔어. 끌고 오라우."

강영훈은 의기양양하게 기차에서 내렸다. 그 뒤를 박상미의 양팔을 부여잡은 작전부 인물들이 따랐다.

이제 평양으로 박상미를 데려가는 일만 남았다.

모스크바에서 안기부 요원에게 총알 세례를 퍼부은 것도 강영훈이었다.

이래저래 자신의 이력에 큰 이점을 남기는 일만 생기고 있었다.

기차역 출입구로 걸어갈 때에 앞쪽에서 청소부 복장을 한 율리냐가 청소도구를 들고서는 천천히 걸어오고 있었다.

작전부 인물들은 율리냐에 대해 경계를 하지 않았다. 그녀를 단순한 청소부로 보았다.

그때였다.

탕! 타탕!

갑작스럽게 들려온 총소리와 함께 뒤에서 따라오던 작전부 인물 두 명이 쓰러졌다.

총소리에 강영훈은 반사적으로 기차 밑으로 몸을 날렸다.

박상미를 붙잡고 있던 작전부 인물들도 그녀를 기차 쪽으로 밀치며 몸을 피했다.

탕! 탕탕!

총소리는 계속 들려왔다.

흑!

몸을 피하던 작전부 인물 하나가 신음성을 내며 왼팔을 부여잡았다.

작전부 인물들도 총을 꺼내 반격을 가했다.

탕탕! 타탕!

"이런 쌍! 안기부 새끼들."

검은 머리의 동양인이 자신들을 기습한 것이다. 작전부의 정체를 알고 공격하는 동양인은 안기부밖에 없었다.

기차 옆으로 넘어진 박상미는 총격전이 벌어지는 사이, 그 기회를 놓치지 않고 기차 밑으로 들어가 반대편으로 도망가기 시작했다.

"쌍노무! 애미나이가······."

강영훈은 그런 박상미를 다시 쫓았다.

그 모습을 보고 있던 율리냐 또한 그 뒤를 재빨리 뒤따랐다.

"헉헉! 난 공화국으로 갈 수 없어."

박상미는 철길을 따라 앞쪽으로 쉬지 않고 계속 달렸다.

탕!

하지만 그때 박상미의 앞으로 총알이 날아와 박혔다.

"한 발짝이라도 더 움직이면 대갈통을 날려 버리갔어."

강영훈은 자신이 뱉은 말을 실행시키고 남을 인간이었다.

하지만 박상미는 강영훈의 말에 상관없이 다시 앞으로 달려 나갔다.

"이 종간나 애미나이가 꼭 피를 봐야겠구만."

자신의 말을 따르지 않는 박상미를 향해 강영훈은 권총을 겨누었다.

갑자기 나타난 안기부가 박상미를 죽였다고 하면 강영훈은 책임 소재에서 벗어날 수 있었다.

"잘 가라우."

탕!

순간 총소리와 함께 쓰러지는 것은 강영훈이었다.

부릅뜬 두 눈은 자신이 왜 쓰러지는지 믿을 수가 없다는 기색이었다.

철퍼덕!

땅에 쓰러지는 순간에도 쥐고 있는 권총으로 박상미를 끝까지 겨냥했지만, 손가락에 힘이 들어가지 않았다.

탕!

그때 또다시 총소리가 들렸고, 그 순간 강영훈의 고개가 떨궈졌다.

두 발의 총성에 달려가던 박상미가 뒤를 돌아보았다.

순간 그녀의 입가에 환한 미소가 서렸다.

경찰이 출동할 때까지 총격전은 계속되었다.

기차 플랫폼에서의 총격전으로 다섯 명이 죽고 두 명이 부상하고 나서야 끝이 났다.

북한의 작전부 인물 중에서 온전한 사람은 한 명도 없었다. 안기부의 인물 또한 다리와 복부에 관통상을 입었다.

두 사람이 살아남을 수 있었던 것은 작전부 인물들을 갑자기 공격했던 두 명의 러시아인 때문이었다.

두 인물은 코사크의 보안요원이었다.

작전부의 인물들을 그대로 두게 되면 박상미의 안전을 위협받기 때문에 처리한 것이다.

부상을 당한 안기부의 인물들은 코사크 보안요원들을 러시아 정보부 소속으로 보았다.

블라디보스토크역에서 발생한 총격전으로 인해 북한과 남한의 정보요원들이 된서리를 맞았다.

러시아에서 북한은 열두 명의 인물이 추방되었고, 남한은 일곱 명의 인물이 한국으로 강제 출국당했다.

*　　　*　　　*

도야마 국제공항에 도착한 박상미의 표정은 어린아이처럼 해맑았다.

몇 시간 전 목숨의 위험을 겪었던 모습이 아니었다.

나와 김만철은 율리냐의 연락을 받고 곧장 도야마로 날아왔다.

약속된 시간에 박상미와 율리냐는 블라디보스토크에서 비행기를 탄 것이다.

"정말 걱정을 많이 했습니다. 무사해서 다행입니다."

"율리냐가 아니었으면 전 이곳에 올 수 없었을 거예요."

박상미는 율리냐를 바라보며 말했다.

"정말 수고했습니다. 두 사람 다 다친 곳은 없습니까?"

"대표님이 걱정해 주신 덕분에요."

율리냐의 얼굴에 피곤한 기색이 역력했지만 환한 미소를 보여주며 말했다.

"한데 어떻게 된 일입니까?"

"어떻게 알았는지 북한 작전부의 인물들이 블라디보스토크역에 나타났습니다. 저희가 미처 대응하기도 전에 일이 벌어지는 상황에서 남한의 안기부 인물까지 끼어들었습니다. 한데 그게 오히려 저희에게 좋은 쪽으로 작용하게 되었습니다. 그래서……."

율리냐의 설명에 그동안 어떤 일이 벌어졌는지 머릿속에서 그려졌다.

양쪽 모두가 공명심에 사로잡힌 것이 전화위복이 된 것이다.

박상미의 안전을 위해서 드리트리 김과 함께 블라디보스토크까지 동행했던 코사크 보안요원들도 도쿄로 불러들였다.

박상미가 일본에 머물게 되는 한 달간을 무사히 넘긴다면, 그녀는 누구의 속박도 받지 않는 자유의 몸이 될 수 있다.

그래야만 나 또한 안심하고 러시아에서 벌이고 있는 사업에 매진할 수 있게 된다.

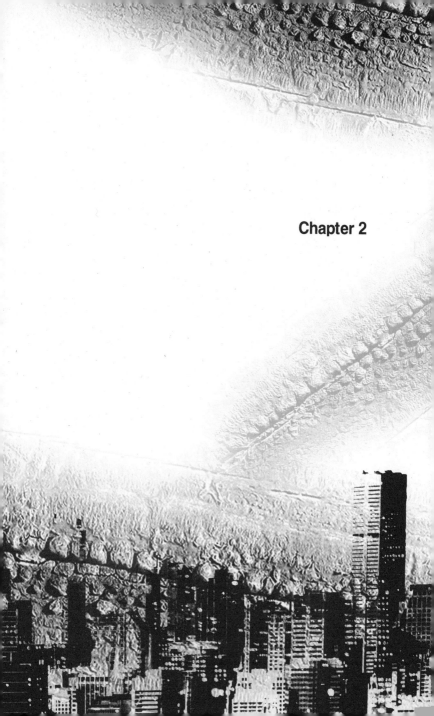

Chapter 2

한 달 반 만에 다시금 한국으로 돌아왔다.

템페레호를 타기 위해 반나절 동안 부산에 머물기는 했었지만 그건 온전하게 한국에 돌아온 것이 아니었다.

마침 설 연휴가 시작되는 날에 도착했다. 그래서인지 공항에는 평소보다 사람이 많았다.

"음, 공기가 역시 다르네. 한국 사람은 역시 한국 땅의 기운을 받아야 해."

김만철은 냄새를 맡듯이 코를 실룩거리면서 말했다.

"뭐가 다릅니까?"

김만철의 말과 행동이 우스워 물었다.

"확실히 다르지요. 뭐, 고향에 비하면 이곳도 차이가 있지만 다른 나라에서 느껴지는 기운과 확연히 차이가 납니다."

김만철은 두 팔을 벌리며 크게 심호흡까지 했다.

"형님은 남한 사람이 다 된 것 같습니다. 이곳 공기까지 사랑하니 말입니다."

티토브 정도 김만철의 행동이 우스운지 농담 섞인 말을 던졌다.

"아! 좋다. 이게 느껴지지 않는단 말이야?"

김만철은 더욱 코를 씰룩거리며 공기를 들이마셨다.

"실내 공기는 인제 그만 마시고 시원한 바깥 공기를 마시러 가시죠."

보다 못한 내가 김만철의 손을 끌며 말했다.

"하하하! 알겠습니다. 어서 가시죠."

김만철은 호쾌한 웃음을 토해내며 발걸음을 옮겼다.

김만철과 티토브 정은 숙소로 정한 호텔로 향했고 나는 송 관장의 집으로 갔다.

한 달 반 만에 돌아온 송 관장의 집에는 기대와 달리 가인이와 예인이가 없었다.

"둘 다 어딜 간 거야? 이럴 줄 알았으면 집에 먼저 들릴 걸 그랬나."

짐 가방을 내 방으로 옮겨 정리했다.

설 연휴 동안에는 부모님과 함께 지낼 예정이라 먼저 송 관장의 집을 방문한 것이다.

그때 내가 미처 생각하지 못한 것이 있었다.

가인이와 예인이도 설을 보내기 위해 부산에 있는 할아 버지 댁에 갈 수 있다는 사실이다.

"혹시 부산에 내려갔나? 아! 그럴 수 있겠구나."

생각이 거기에 미치자 나는 곧바로 전화기를 들어 부산 으로 전화를 걸었다.

─여보세요?

아니나 다를까, 가인이의 목소리가 들렸다.

"부산에 내려갔구나. 나 오늘 도착했다."

─뭐야? 왜 이렇게 시간이 오래 걸린 거야?

"일이 많아서 그렇지. 부산엔 언제 내려간 거야?"

─어제 내려왔지. 어디 아픈 데는 없지?

"걱정해 주는 거야?"

─그럼, 남자 친구가 어디 아프면 안 되지. 죽어가는 걸 내가 살려냈는데.

가인이의 말대로 흑천의 도운에게 일격을 당한 후, 생사의 고비에서 가인이의 헌신적인 간호가 없었다면 나는 이 세상 사람이 아니었을 것이다.

"안 그래도 그 일 때문에 내가 아플 수가 없다. 예인이도 잘 있지?"

─잘 있어. 지금 외할아버지하고 시장에 물건 사러 나갔어. 아 참! 예인이가 이번 서울대 전체 수석이야.

"정말! 잘됐다. 너는 어떻게 됐어?"

─나도 운 좋게 문과 수석이 됐어. 이번 시험이 어려웠던 덕분이야.

가인이의 말처럼 올해는 만점자가 나오지 않았다. 더구나 가장 비중을 많이 차지하는 수학과 영어의 난도가 상당히 높았다.

오히려 가인이는 국어에서 한 문제를 틀렸다.

"하하하! 정말 축하한다."

─말로만 하지 말고 선물을 줘봐.

"뭐로 해줄까? 원하는 것 있으면 말해봐."

─다른 것은 필요 없고. 올라가면 찐하게 키스나 해줘.

가인이의 뜬금없는 말에 순간 난 할 말을 잃었다.

내가 말이 없자 가인이의 즐거운 웃음소리가 수화기 너머로 들려왔다.

─푸하하하! 방금 쫄았지? 잡아먹지는 않을 테니까 걱정

하지 말고. 하여간 올라가서 봐.

"어, 그래. 잘 지내고 올라와서 보자."

가인이에게 또 한 방 먹었다. 이제야 한국으로 돌아온 것이 실감이 났다.

설 연휴가 금세 지나갔다.

오랜만에 마주앉은 가족들과의 시간도 좋았다. 하지만 나는 연휴 내내 러시아에서 새롭게 시작한 사업에 대한 일로 전화통을 붙잡고 살았다.

주로 룩오일과 소빈뱅크의 인수에 들어가는 서류와 지분 관계를 정리하기 위하여 러시아에 있는 빅토르 최와 미국에 머물고 있는 루이스 정과의 통화였다.

빅토르 최는 이 일로 인해 러시아 관공서와 은행을 바쁘게 들락거렸다.

대통령 비서실장인 세르게이가 힘을 써주고는 있었지만 기업 인수와 관련되어 처리해야 하는 일이 너무 많았다.

나는 루이스 정을 통해서 미국 내 회계사와 변호사 인력을 더 확충하기로 했다.

루이스 정 혼자서 처리하기에는 러시아와 미국에서 시작하는 사업과 관련된 일이 너무 많았다.

국내에도 회사 고문변호사인 주현노 변호사를 주축으로

하는 법무팀을 꾸리기로 했다.

이제부터는 회사마다 체계적인 법률 자문과 관리가 필요했다. 그만큼 회사들은 빠르게 성장해 나갔다.

법무팀을 구성하기 위한 자금은 미리 사두었던 신세계백화점의 주식을 처분해서 마련했다.

작년 중순에 사두었던 신세계백화점은 삼성에서 분리 독립하면서 가격이 두 배 이상 상승했다.

가지고 있던 여유 자금을 모두 신세계백화점에 투자한 덕분에 내 손에는 14억의 현금만 쥐어진 상태다. 결국 닉스의 공장 증설에 따른 자금 확보를 위해서 부산에서 발견한 금괴를 조금씩 팔기로 했다.

한꺼번에 너무 많은 양을 내어놓으면 국내 금시장에 혼란을 일으켜 금 시세에 영향을 줄 수 있었다.

아직까지 국내 금시장은 국제 금 시세를 따르기보다는 소비자의 수요에 따라서 금값이 변동했다.

닉스의 신발 판매는 놀라울 정도로 늘어났고 순이익도 가파르게 상승했다.

닉스의 이익금 중 상당한 금액이 기술 개발과 디자인 개발에 투자되었고, 직원들에 대한 복지에도 다른 기업들보다 훨씬 많은 금액이 들어갔다.

또한 사원들의 근무 환경 개선에도 상당한 신경을 썼다.

제1공장과 2공장 내에 새롭게 냉난방 공사와 함께 공기 정화장치까지 설치했다.

공장의 옥상에는 나무를 심고 잔디를 깔아 정원을 만들 었다.

이미 공장 내의 구내식당을 최신 설비로 바꾸어서 맛있 고 질 좋은 음식을 제공하고 있었다.

그 결과 부산 금사공단 내에서 가장 좋은 구내식당이라 는 평가를 받았다.

직원들이 근무하기 좋은 최적의 조건에서 일할 수 있게 만들어 주어야만 질 좋고 불량 없는 제품을 생산될 수 있 다.

이런 닉스의 투자를 다른 한편에서는 너무 과도한 투자 라고 보는 견해도 있었다.

하지만 나는 그런 말에 아랑곳하지 않았다.

대부분의 기업은 기업의 이윤을 최우선으로 생각할 뿐이 었다.

근로자들에게 일자리와 월급을 주는 것만으로 자신들의 의무와 책임을 다한 것으로 생각하는 시기였고, 앞으로도 크게 변화하지 않았다.

나 또한 그러한 환경에서 일을 했었다.

그 때문인지는 모르겠지만 회사에 대한 애사심을 가질

수가 없었다.

더 좋은 조건의 회사가 나타나거나 그런 기회가 주어지면 언제든지 옮길 수 있는 회사였을 뿐이었다.

나는 이러한 생각과 의식을 변화시키고 싶었다.

그 결과 내가 책임지고 이끌어가는 회사들은 대한민국의 어떤 회사보다도 근무 조건과 환경이 좋았다.

지금까지는 내가 생각한 것들을 실천할 수 있을 정도로 이익이 발생하였다.

현재 부산 금사공단 내에 위치한 닉스 공장은 동력자원부와 부산시가 함께 주관하는 환경 개선 모범 공장으로 선정되어 정부에서 환경 개선 보조금을 지원받았다.

지원받은 금액은 닉스 공장의 환경 개선에 투자한 자금에 30% 정도 되는 금액이었고 그 돈으로 하수처리시설을 설치하였다.

닉스공장 내에 설치된 하수처리시설은 신발을 염색하는데 들어가는 염색약과 화공 약품 등의 오염물질을 제거하여 깨끗하게 만드는 시설로 기존 신발 공장들은 닉스와 같은 시설을 갖추지 못했다.

대다수의 공장이 금사공단 내에 설치된 하수처리시설을 이용하기도 했지만, 처리 비용 문제로 장마철을 이용하여 오염된 폐수를 하수도에 무단으로 방류하는 일이 흔했다.

이렇기에 사람들은 신발 산업은 공해 유발 업종으로 인식하고 있었다.

환경문제는 사회적인 다른 이슈에 묻혀 주목받지 못했다.

1991년 3월 두산 그룹 산하 두산전자에서 다량의 페놀 원액이 두 번에 걸쳐 낙동강으로 유출되어 식수원을 오염시켰다.

그 이후 여러 법령이 제정되어 무기징역까지 처할 수 있도록 했고, 상수원 수질 개선을 위한 종합 대책을 마련했었다.

그러나 경제 성장의 논리에 밀려 그중 단 한 건도 제대로 시행되지 못했다.

그 결과 94년 1월 또다시 낙동강 수원지에서 다량의 벤젠·톨루엔이 검출되고 수돗물에서 악취가 나는 사건이 발생하였다.

잠시 잠깐 환경문제가 부각되어도 경제적인 문제가 최우선이었다.

나는 닉스를 필두로 하여 다른 회사들도 환경문제에 상당한 신경을 쓰게 하였고 그에 따른 자금 또한 투자했다.

이러한 나의 회사 운영 방식에 지금까지 반대하는 사람은 없었다.

그러한 모든 것을 가능하게 만들 수 있는 이익을 창출했기 때문이다.

하지만 정말 앞으로가 중요했다.

닉스에 의해 2등으로 밀렸던 나이키가 다음 달에 신상품을 대거 출시할 예정이다.

아디다스와 리복 또한 올해부터 국내에 출시하지 않았던 인기 제품을 엄선하여 국내로 들여왔다.

닉스를 향한 세계적인 스포츠 브랜드들의 반격이 시작된 것이다.

아차 하는 순간 닉스는 이들의 공격에 밀릴 수도 있었다.

한국으로 돌아와 첫 출근은 닉스부터였다.

부산에서 올라온 한광민 소장과 디자인실을 맡고 있는 정수진 실장을 비롯한 닉스를 이끌어가는 중요 인물들 모두가 참석한 회의였다.

회의의 주제는 닉스의 미국법인설립과 마이클 조던의 광고 촬영, 그리고 닉스 부산 공장의 증설이었다.

또한 가로수길에 완공된 건물로의 본사 이전과 디자인실을 디자인센터로 확대 개편하는 문제였다.

그에 따른 인력 수급 방안도 중요 안건이었다.

하나하나 모두 중요하게 결정할 문제였고, 닉스의 발전

에 큰 영향을 끼치는 일들이었다.

"다들 오래간만입니다. 시간이 부족한 관계로 인사는 여기까지만 하고서 바로 본론으로 들어가겠습니다. 첫 번째는 미국에 설립하기로 한 닉스판매법인 문제입니다. 닉스의 미국지사는 뉴욕에 설립하는 것이… 한발 더 나아가 닉스디자인센터를 미국에도 설립할 생각을 하고 있습니다."

미국 닉스판매법인은 미국 전체를 커버하는 것이 아니었다.

닉스가 미 동부와 중부를 담당하고 서부는 닉스 신발을 수입하고 있는 피터 싱어가 맡기로 했다.

이미 피터 싱어에게 계약금을 받아 마이클 조던 측에게 계약금으로 건네주었다.

"현재 닉스가 가지고 있는 자금에서 80억 원 정도를 사용할 수 있습니다. 그 이상은 은행에 자금을 빌려야 하는 상황입니다. 현재로서는 미국법인 설립과 디자인센터 설립에 필요한 자금을 모두 제공할 수 없습니다."

자금을 담당하는 이종환 과장의 말이었다.

"부족한 자금은 도시락에서 조달할 것입니다. 지금처럼 무차입으로 닉스는 운영될 것입니다. 신세계백화점에 빌린 자금은 모두 상환되었습니까?"

원래 계획은 내년까지 모두 상환할 예정이었다.

하지만 미국으로의 수출량이 급격히 늘어나면서 상황이 바뀌었다.

"예, 1월 말로 신세계백화점에서 빌린 자금을 모두 상환 되었습니다."

이종환 과장의 말에 나는 곧장 한광민 소장에게 질문을 던졌다.

이미 한광민 소장과는 일본에서 공장 증설 문제로 통화 를 했었다.

"미국 수출이 본궤도에 오르면 적어도 한 달에 10만 켤레 이상은 더 만들어내야 합니다. 일본으로의 진출도 확정된 상황이기 때문에 생산량을 꼭 늘려야 합니다. 공장은 알아 보셨습니까?"

"예, 현재 금사공단 내에서 공장 임대를 알아보았지만 마 땅한 공장이 나오지 않고 있습니다. 대신 매입할 수 있는 공장이 매물로 나왔습니다. 문제는 덩어리가 커서 현재 닉 스 1공장 정도의 크기입니다. 매물로 나온 공장을 인수하게 되면 40만 켤레는 추가로 생산할 수 있습니다."

한광민 소장은 공적인 자리에서는 나에게 존댓말을 했 다.

닉스 1공장은 신세계백화점의 투자로 공장을 새롭게 증 설하여 생산량을 높였다.

현재 제1공장에서 37만 켤레를, 제2공장에서 28만 켤레를 생산하고 있었다.

만약 매물로 나온 공장까지 인수하면 닉스는 한 달에 넉넉히 100만 켤레를 생산할 수 있게 된다.

다른 공장처럼 기본적인 운동화만 생산한다면 250만 켤레 이상도 가능했지만, 닉스 신발의 제작 공정은 다른 신발보다 2~3개 공정이 더 들어갔고 시간도 많이 소요되었다.

한광민 소장은 닉스의 빠른 성장도 좋아했지만, 안정적인 회사 운영을 선호했다.

더구나 작년에 해외 유명 신발회사들의 갑작스러운 주문 감소로 주문자 상표를 부착하여 생산하는 신발 회사들이 큰 곤욕을 치렀다.

나이키와 리복, 그리고 엘에이기어가 주문량을 10~60%까지 줄였다.

이 때문에 백 개가 넘는 신발 회사가 폐업하거나 도산 위기에 빠졌다.

물론 닉스는 예외였다.

하지만 신발은 유행에 민감하고 브랜드의 인기가 갑자기 사라지기도 한다.

이러한 경험 때문에도 한광민 소장은 새로운 공장을 매입하는 것보다는 임대를 선호했다.

"가격은 어느 정도입니까?"

"선영이라고 종업원이 240명 정도 되는 공장입니다. 부지와 함께 공장 시설까지 모두 53억을 요구하고 있습니다. 사실 3~4개월만 기다리면 지금 가격보다 20~30% 정도는 더 싸게 살 수 있습니다."

앞으로 들어갈 돈이 많은 닉스의 상황에서 분명 적은 금액은 아니었다.

그러나 지금은 몇 개월을 기다릴 수 없는 상황이었다.

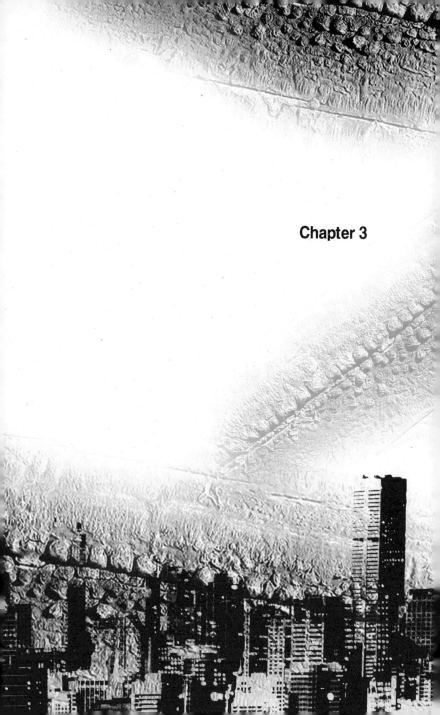

Chapter 3

　닉스의 디자인실을 디자인센터로 확대 개편하기로 결정했다.

　그에 발맞추어 인원을 일곱 명 정도 추가 선발하기로 했다.

　미국에는 올해가 아닌 내년에 디자인센터를 설립하기로 했고 위치는 뉴욕으로 정했다.

　닉스 본사 이전에 따른 이사는 다음 주 금요일에 진행하기로 했다.

　홍대에 있던 본사가 가로수길로 옮겨지면 사무실로 쓰던

곳은 판매장과 함께 고객들을 위한 카페로 만들 계획이다.

계속해서 디자인센터를 맡게 된 정수진 실장은 차장급에서 위치에 걸맞게 부장으로 진급시켰다.

이제 그녀는 닉스디자인센터의 센터장이었다.

새로운 신발들을 계속 히트시키고 있는 닉스의 디자인실을 잘 이끌어 온 보상이었다.

작년에도 과장에서 차장으로 진급이 이루어졌었다. 다시 1년 만에 진급을 한 것이다.

그 모든 게 정수진이 가진 역량이었고 닉스를 정말로 아끼고 사랑한 열정의 결과였다.

디자인실의 몇몇 사원도 진급을 시켰다.

그리고 미국법인을 이끌 인물은 내부의 인사가 아닌 외부에서 영입하기로 결정했다.

공장 매입과 관련해서는 내가 부산으로 내려가 매입하려는 공장을 둘러본 뒤에 결정하기로 했다.

현재 국내 근로자의 인건비가 88올림픽을 기점으로 몇 년간 가파르게 상승했다.

그로 인해서 자동화 시설과 기계보다는 사람의 손이 많이 가는 신발 산업이 가장 먼저 타격을 받았다.

닉스 운영에 있어서도 인건비의 지출이 매년 크게 상승하고 있었다.

더구나 닉스는 동종업계의 다른 회사보다 직원의 월급이 높은 편이었다.

이러한 문제를 닉스 또한 무시할 수는 없었다.

세계적인 스포츠 브랜드인 나이키와 리복을 비롯하여 아디다스도 국내 주문 수량을 점차 줄여가고 있었다.

그들은 고가의 신발은 한국에서 제작하고 중저가의 신발은 인건비가 3~4배 저렴한 동남아로 옮겨 생산했다.

이미 국내에서 가장 큰 신발 생산량을 자랑하는 세원, 태화, 삼화, 화승실업 등이 인도네시아와 태국 등에 현지 공장을 세웠다.

닉스는 생산 공장을 동남아로 이전하는 것은 아직 생각지 않았다.

하지만 계속해서 국내에서 신발을 생산하기 위해서는 원가 절감과 새로운 생산기술 개발이 필요했다.

지금의 생산 가격을 유지하지 않는다면 가격 경쟁력에서 밀리기 때문이다.

이미 발 빠르게 움직였던 나이키는 새롭게 출시되는 제품의 가격을 전혀 올리지 않았다. 오히려 신발 가격을 10% 내려서 출시한 제품도 있었다.

그 모든 게 생산 단가를 내릴 수 있는 여건이 마련된 덕분이었고, 나이키가 가져가는 이익은 이전과 같았다.

나는 한광민 소장과 논의 끝에 부산 공장 내에 생산기술 개발팀을 새롭게 만들기로 했다.

닉스가 동남아로 이전하지 않기 위해서는 최대한 신발 생산 공정의 자동화율을 높여야만 했다.

또한 외국 브랜드와의 가격 경쟁력에서도 밀리지 않으려는 조치였다.

회의는 점심을 먹고도 계속되었고 오후가 되어서야 끝이 났다.

하지만 내일모레도 닉스 봄 신상품에 대한 회의가 잡혀 있었다.

"후! 이거 정말 쉽지가 않네."

의자에 걸터앉으면 나도 모르게 한숨이 나왔다.

회사가 커질수록 내가 결정해야 할 일이 점점 많아졌고 그에 따른 책임도 가중되었다.

내일은 도시락에도 회의가 잡혀 있었다. 이번 주 내내 회사별로 회의의 연속이었다.

원하는 일을 위해서 내가 선택한 것이 맞지만, 숨 막힐 정도의 일정이었다.

윙~ 잉!

차고 있던 삐삐가 울렸다.

액정에 표시된 번호는 고등학교 친구이자 비전전자에 근무하는 강호였다.

책상에 놓인 전화기를 들었다.

─여보세요? 한국에 들어왔으면 형님에게 빨리 연락을 해야지. 일 끝났으면 나와라, 신구하고 함께 있으니까.

"아직 일이 좀 남았다. 30분 정도면 끝나니까 먼저 자리 잡고 있어라."

─OK! 우리 신촌에 있으니까 도착하면 삐삐 쳐라.

"그래, 이따 보자."

전화를 끊고 결재 상황들을 다시 살폈다.

강호와 신구가 아니었다면 사업을 시작할 수 없었을 것이다. 이번에 두 사람 다 전문대에 합격했다.

앞으로 낮에는 비전전자에서 일을 하고 야간에는 학교를 다닐 예정이다.

비전전자는 점점 알짜배기 회사로 커나갔다.

비전전자의 컴퓨터 부품 매장은 용산전자상가를 찾는 사람들이 가장 우선으로 들리고 찾는 곳이 되었다.

판매되는 부품도 늘어났고 그에 따른 매출도 꾸준히 늘고 있었다.

비전전장에서 판매하는 조립 PC의 판매량도 변함없이 판매량이 많았다.

컴퓨터 부품 이외에도 새롭게 시작했던 전자 부품 매장 또한 많은 사람이 발걸음을 옮기고 있었다.

비전전자부품과 거래하는 회사도 이제는 백여 개로 늘어났다.

대기업의 전자회사들은 자체 구매 부서를 통해서 외국에서 직접 대량으로 IC칩과 부품들을 수입하지만, 중소업체들은 소량의 부품을 수급하기 때문에 원하는 부품을 직접 구매하기가 여의치가 않았다.

비전전자부품은 일본과 미국, 그리고 유럽에 위치한 전자 부품 회사들에서 다양한 IC칩과 첨단 부품을 수입했고, 소량의 부품도 대신 수입해 공급했다.

직접 매장을 방문하는 고객도 늘었지만 백여 개가 넘는 회사에서 고정적인 거래가 일어나자 매출이 작년과 비교해 3배 이상 커졌다.

강호와 신구가 대학을 졸업하면 두 사람에게 비전전자부품을 맡길 생각이다.

2년 후면 비전전자부품은 비전전자에서 독립할 정도로 커질 것이 확실했다.

닉스에서 일을 마치자마자 나는 신촌으로 향했다.

두 사람에게 선물로 줄 에어조던을 챙겼다.

닉스의 야심작인 에어조던은 에어파워－X에서 본래의 이름으로 돌아갔다. 에어조던은 다음 달 초 국내에 처음 선보일 예정이다.

에어조던은 아직 출시가 이루어지지 않았지만 나오기도 전에 조짐이 심상치 않았다.

구매를 원하는 사람들은 PC 통신인 천리안과 하이텔, 그리고 나우누리에 만들어진 동호회인 닉스마니아와 닉스중독을 통해서 정보를 공유하고 있었다.

마이클 조던이 신고 뛰었던 에어조던을 바탕으로 디자인과 기능에 대해서 열띤 토론을 벌였다.

닉스마니아와 닉스중독을 통해서 사람들이 소장 중인 닉스의 신발들이 거래되고 있었다.

거래는 생각보다 활발했고, 일련번호가 기재된 신발들은 원래 가격보다 2~3배나 높게 가격이 형성되어 거래되었다.

에어조던은 마이클 조던이 신었던 초기 모델보다 더 색상을 다양하게 하여 한 가지가 아닌 네 가지 색상으로 출시할 예정이다.

또한 농구화가 남자의 전유물이라는 생각을 바꾸기 위해서 여성들이 좋아할 만한 색과 디자인으로 변경한 에어조던－F도 준비 중이다.

에어조던 출시를 손꼽아 기다리는 사람들 대부분이 네 가지 색상 모두를 구매하려고 했다.

이번 에어조던에도 일련번호가 네 가지 색상마다 0~1,000까지 매겨진 특별판이 판매될 것이다.

약속 장소인 신촌에는 사람들로 붐볐다.

강호와 신구는 한창 공사 중인 신촌 그레이스백화점 뒤편에 위치한 호프집에 자리를 잡고 있었다.

강호가 알려준 호프집에 들어서자 빈 좌석이 없을 정도로 사람들로 넘쳐 났다.

"여기야!"

호프집에 들어서자 나를 본 신구가 손을 흔들었다. 두 사람은 창가 자리에 앉아 있었다.

"손에 든 게 뭐냐?"

강호가 내 손에 들고 있는 쇼핑백을 보며 물었다.

"나 없는 동안 수고한 너희에게 줄 선물."

나는 강호와 신구에게 에어조던이 들어 있는 신발 상자를 건넸다.

"역시! 우리 대표님은 직원들을 살뜰하게 챙기신다니까. 신발이냐?"

쇼핑백을 받아 든 강호가 입가에 미소를 띠며 말했다.

"꺼내 봐라. 마음에 들 거다."

내 말에 두 사람은 신발 상자를 꺼내 열어보았다.

"뭐냐? 이거 혹시, 아직 출시되지 않은 에어조던이냐?"

천리안의 닉스마니아 회원이기도 한 강호가 놀란 눈으로 물었다.

이제는 두 사람 다 내가 닉스의 대표라는 사실을 알았다.

"그래, 특별히 너희를 위해서 가져온 거다."

"오! 신이시여, 제가 태수의 친구가 될 수 있게 해주신 걸 진정 감사드립니다. 정말! 정말! 땡큐다."

강호는 옆에 앉은 나에게 달려들어 볼에 뽀뽀할 태세였다.

"야야! 아서라, 난 남자 사절이다."

"정말 멋지다. 난 강호처럼 신발에 대해 잘은 모르지만 이건 정말 끝내준다. 고맙다, 태수야."

신구 또한 에어조던을 이리저리 살피며 말했다.

"끝내주는 정도가 아니지, 이건 정말 예술 작품이다. 내가 생각하고 있던 것 이상이다."

강호는 연신 감탄사를 연발했다.

"목마르다, 맥주 좀 따라봐라."

내가 종업원이 가져다준 빈 맥주컵을 내밀었다.

"여부가 있겠습니까. 여기 있습니다, 대표님."

강호가 호프 잔을 두 손으로 들어 공손히 생맥주를 따라 주었다.

"잘 지내고 있었지?"

"잘 지내긴 했는데, 여자 친구가 없으니까 정말이지 추운 겨울을 보내고 있다."

강호는 자신 앞에 놓인 맥주잔을 들며 말했다.

"아직도 여자 친구를 만들지 못한 거야?"

"그게 쉽지가 않다. 나의 여신이었던 송예인 님을 마음에서 떠나 보내고 나니까 다른 여자들은 눈에 들어오지도 않는다."

강호는 자신의 이상형으로 생각했던 예인이를 포기했다.

자신이 노력으로는 예인이의 마음을 사로잡지 못할 것 같다는 현실적인 생각에서였다.

예인이가 서울대에 수석으로 입학한 이후 더 그랬다.

"나 참! 여자가 밥 먹여주냐? 나처럼 운동이나 해."

신구가 강호를 보며 말했다.

신구는 요즘 꾸준히 헬스장에 나가 몸을 관리하고 있었다.

"여자에게 관심이 없는 놈이 혜정 씨가 다니는 헬스장에 등록을 하냐? 집 근처에도 헬스장이 있는 놈이 버스 타고 30분이나 걸리는 헬스장에 다닌다니까. 아주 웃긴 놈이야."

윤혜정는 신구와 동갑내기로, 이번에 새롭게 비전전자에 입사한 여사원이었다.

"야! 시설이 틀려. 동네는 내가 원하는 헬스 장비가 없다니까."

신구는 강호의 말을 부인하듯 변명했다.

"그럼 우리 동네로 와. 이번에 새롭게 헬스장이 생겼더라. 우리 동네까지는 버스 타도 15분이면 오잖아."

"이미 다니고 있는 헬스장에 몸이 적응되어서 말이야. 그리고 옮기고 싶어도 3개월치를 이미 냈다."

신구는 강호의 말에 어쩔 수 없다는 핑계를 댔다.

"어디서 운동하는 게 문제겠냐. 한데 예쁘냐?"

내일모레 비전전자를 방문하면 신입사원과 인사를 나눌 예정이었다.

내가 미국에 있을 때 뽑은 사원들이었다. 매장 내 판매사원의 입사 면접은 내가 관여하지 않았다.

내 물음에 신구가 아닌 강호가 대답했다.

"제 눈의 안경이지. 난 별로인데, 신구 놈은 하늘에서 내려온 선녀 같단다."

"그 정도야?"

"사람은 말이야, 겉으로 드러나는 외모도 중요하지만 마음 씀씀이가 우선이야. 혜정 씨가 얼마나 상냥하고 착하냐?"

신구는 정말 윤혜정이란 여사원을 마음에 두고 있는 것 같았다.

"알았다. 마음씨 넓은 혜정 씨는 너 해라. 난 얼굴도 예쁘고 쭉쭉빵빵인 여자하고 만날 거니까."

두 사람과 만나면 스무 살의 나로 돌아올 수 있었다.

과중해진 업무의 스트레스도 두 사람과 함께 있으면 모두 잊어버렸다.

1차로 호프집을 나선 우리는 강호의 강력한 요구로 근처에 위치한 락카페로 향했다.

새롭게 생긴 락카페 스페이스는 물 좋기로 소문난 곳이었다.

스페이스 앞에는 젊은 사람들로 붐볐다.

기도로 보이는 건장한 체격의 사람이 고등학교 학생주임처럼 스페이스에 들어가려는 사람들의 복장과 겉모습을 살폈다.

맨 앞쪽에 있던 남자들이 복장 때문인지 입장을 거부당했다.

"우리도 못 들어가는 거 아니야?"

신구가 걱정스러운 말을 뱉었다.

"못 들어가면 다 너 때문이다."

그 소리에 강호가 신구를 가리키며 말했다.

"왜 나 때문인데?"

"넌 거울도 안 보냐?"

"뭔 소리야?"

"네 얼굴이 평균도 안 되잖아."

"뭐? 너 이리 와봐."

신구가 강호를 잡으려고 손을 뻗었다.

하지만 강호는 이미 신구의 반응을 예측하고 뒤로 재빨리 물러났다.

"왜들 그러냐? 그냥 들어가면 되지."

"강호 놈 말 안 들었냐? 내가 정말 평균도 안 되는 외모냐?"

신구는 나를 보며 진지하게 물었다.

솔직히 말해 잘난 얼굴은 아니었다.

옛날에 태어났다면 산도적이나 장군감이라고 불릴 만했다.

남자답게 생긴 것이 좀 과하다고 볼 수 있었다. 하지만 그대로 말할 수 없었다.

"음, 뭐랄까? 남자답지."

"태수가 말하는 거 들었지?"

신구가 강호를 보며 말했다.

"아! 새끼, 신구를 위해서 정직해야지. 알았다, 너 얼굴 남자답다."

강호가 마지못해 남자답다는 말을 뱉을 때에 우리 차례가 되었다.

스페이스 입구를 지키는 인물이 우리 세 사람을 위아래로 스캔하듯이 쳐다보았다.

나와 강호를 보았을 때는 별다른 반응이 없던 기도가 신구를 보자 살짝 표정이 바뀌었다.

"자리 없습니다."

"예? 앞에 있던 여자들은 들어갔잖아요."

강호가 수긍을 못하겠다는 듯이 따졌다.

"자리가 없다니까."

기도를 보는 남자가 강호의 말에 신경질적으로 반응했다.

상황을 보니 따진다고 해서 들어갈 수 있는 것이 아니었다.

"그냥 다른 데 가자."

"이런 개무시를 당하고 그냥 가자고? 그건 아니지."

강호는 기필코 들어가겠다는 입장이었다.

"그렇게 들어가고 싶냐?"

"왜? 방법이라도 있는 거냐?"

내 물음에 강호는 두 눈을 크게 뜨며 반문했다.

"정 들어가기 원하면 내가 한번 이야기해 볼게."

"꼭 들어가고 싶다. 언제 다시 우리가 다 함께 여기에 오겠냐?"

강호의 말이 틀린 이야기도 아니었다. 두 사람보다 내가 시간을 낼 수가 없었다.

우리가 이야기를 나누는 사이에 옷을 잘 차려입은 남자 셋이 스페이스로 들어가는 것이 보였다.

한마디로 우리는 스페이스에 들어갈 수 없는 기준 미달이었다.

"알았다. 잠시만 있어봐라."

나는 다시 기도를 보는 인물에게 다가섰다. 그리고 지갑에서 꺼낸 2만 원을 손에 쥐었다.

"저희도 좀 들어가게 해주시죠. 저희 셋 다 춤에 일가견이 있습니다."

말을 건네는 동시에 2만 원을 기도에게 살짝 건넸다.

효과는 금방 나타났다.

"정말 춤 좀 쳐요?"

의심쩍어 하는 눈빛이었지만 말이 한결 부드럽게 변했다.

그의 말에 나는 살짝 몸을 튕기며 웨이브를 펼쳤다. 자연스러운 동작이 웬만한 춤꾼보다 나았다.

"진작 말하지. 요즘 어중이떠중이들이 너무 들어와서는 물을 좀 흐려놔서. 들어가요."

기도는 내 모습에 손으로 스페이스 입구를 바로 가리켰다. 그가 가리킨 곳은 위층이었다.

스페이스는 위층과 지하로 나누어져 있었다.

뭔가 부족하거나 떨어지는 사람들은 지하에 있는 락카페로 가야 했다.

그래서인지 제일 먼저 자리가 차는 곳이 지하였다.

위층에 위치한 락카페 안으로 들어서자 흥겨운 음악 소리와 함께 무대에서 춤을 추는 청춘남녀들이 눈에 들어왔다.

물 관리를 한다는 말 때문인지 다들 유행하는 최신 패션 브랜드로 복장을 갖추었다.

유행에 민감한 강호 또한 신발은 닉스로 청바지는 게스, 그리고 윗도리는 마르떼 프랑스와 저버를 입고 있었다. 하지만 신구는 단순한 캐주얼 복장이었다.

강호는 자리에 앉자마자 신고 있던 신발을 벗고는 내가 선물한 에어조던으로 갈아 신었다.

"역시! 이래서 스페이스, 스페이스 하는구나."

강호는 주변을 들러보며 말했다.

남녀의 비율도 적당했는데, 오늘은 여자가 더 많아 보였다.

거기에다 강호가 좋아하는 스타일의 여자들이 눈에 띄었다.

자리를 잡자 강호는 메뉴판에서 가장 비싼 양주와 안주를 시켰다.

"일단 이런 걸로 우선 먹고 들어가는 거야."

강호는 의기양양하게 말했다.

"네가 절반 내라. 나머지는 나와 태수가 낼 거니까."

자신의 의견도 묻지 않고 술을 시키자 신구가 선을 그으며 말했다.

"알았어, 인마. 걱정하지 마."

강호는 신구의 말에 흔쾌히 대답했다.

스페이스에 입성한 것만으로도 강호는 즐거운 것 같았다.

토요일이라서 그런지 비어 있던 자리도 순식간에 채워졌다.

술과 안주가 나와 테이블이 세팅되자 강호는 신구를 데리고 앞쪽 스테이지로 향했다.

음악에 맞추어 각자 앉아 있는 테이블에서 일어나 춤을 추는 사람들도 눈에 들어왔다.

나는 가인이에게 삐삐가 들어와 전화기가 있는 곳으로 향했다.

락카페 내에 설치된 전화기에 동전을 넣고 송 관장의 집 전화번호를 눌렀다.

띠리릭! 띠리릭!

두 번의 신호가 가자마자 가인이의 목소리가 들렸다.

─여보세요?

"어, 나야. 무슨 일 있어?"

─무슨 일이긴, 토요일인데 늦게까지 들어오지 않아서 삐삐 친 거지.

"그랬구나. 오랜만에 강호하고 신구를 만났거든. 저녁 먹고 한잔 더 하자고 그래서.

─어디서 마시는데?

"신촌에서."

─나도 가도 돼? 집에 혼자 있으니까 심심하네.

"예인이는 어디 갔는데?"

─친구 만나러 나갔어.

"그래, 그럼 이쪽으로 와. 여기가 어디냐면……."

나는 가인이에게 스페이스의 위치를 말해주고는 전화를

끊었다.

자리로 돌아가자 낯선 여자 둘이 우리 테이블에 앉아 있었다.

강호가 열심히 무언가를 설명하자 여자는 흰 이를 드러내며 웃고 있었다.

하지만 신구는 멀뚱히 술잔만 만지작거렸다.

그런 반응 때문인지 나의 등장에 신구 옆에 앉아 있던 여자의 눈이 나를 향했다.

우리 나이 또래로 보이는 여자로, 목을 덮은 커트 머리에 귀여운 스타일이었다.

"인사해, 여기는 강태수."

강호의 말에 두 여자가 나에게 살짝 고개를 숙였다. 나 또한 그녀들을 향해 고개를 숙이며 말했다.

"반갑습니다."

"이쪽은 정혜수고 여기는 김나영. 우리랑 동갑이야."

강호가 나에게 두 여자를 소개했다.

내 앞에 앉은 정혜수라는 친구의 술잔이 비어 있었다. 여자에 대해서 숙맥인 신구는 그걸 알아채지 못하고 있었다.

"신구야, 술 한 잔 드려야지?"

나는 재빨리 눈치 없는 신구에게 말을 건넸다.

"미안합니다. 잔이 빈 걸 몰랐습니다."

신구는 재빨리 술병을 들고는 정혜수의 잔에 따라주었다.

"아니에요, 괜찮아요. 아, 얼음도 좀."

신구의 말에 정혜수는 술잔을 내밀었다.

그 말에 신구는 얼른 얼음통에서 얼음을 꺼내어 그녀의 잔에 넣어주었다.

"죄송합니다. 제가 좀 눈치가 없었네요."

그제야 약간은 경직되어 있던 신구가 입을 열었다. 아마도 옆에 앉은 친구가 마음에 든 모양새였다.

신구는 자신이 좋아하는 여자 앞에서는 덩치에 맞지 않게 말을 잘하지 못했다.

"아니에요. 그럴 수도 있죠."

정혜수의 말에 신구는 안심하는 눈치였다.

"다들 동갑인데, 말들 놓자."

강호는 분위기가 딱딱했는지 재빨리 화제를 돌렸다.

"그러지 뭐. 한데 다들 뭐 해? 대학생? 아니면 회사 다녀?"

강호 옆에 앉은 김나영이 바로 호응하며 말했다.

"둘 다 정답. 돈도 벌고 학교도 다니고."

강호는 술잔을 들며 말했다.

"그게 무슨 말이야?"

김나영이 궁금한 듯 물었다.

"그냥 우리끼리 시간이 날 때마다 아르바이트처럼 일하는 거야."

강호가 말하기 전에 내가 대답했다.

굳이 처음 보는 사람에게 일에 대해 말하기가 좀 그랬다.

"그렇구나. 학교는 어디야? 우린 둘 다 이대 다녀."

김나영의 말에 강호의 표정이 살짝 어두워졌다. 왠지 학교 이야기가 나오면 주눅이 드는 모습이었다.

올해 전문대에 들어갔지만 그걸 이야기하고 싶은 마음이 없는 것 같았다.

이런 장소에선 뭐 하나 다른 남자들에게 밀리고 싶지 않은 것이 남자의 마음이었다.

"우린 서울대 경영과."

내가 강호 대신 말을 했다.

"와! 정말?"

내 말을 믿지 못하겠다는 듯이 김나영이 되물었다.

이곳은 처음 보는 사람에게도 거짓말을 흔히 할 수 있는 장소였다.

"물론이지. 자, 봐."

나는 지갑에서 서울대 학생증을 꺼내어 보여주었다.

그제야 여자들의 얼굴이 표정이 이전과 달라졌다.

이왕지사 자신과 비슷한 수준의 남자들과 어울리고 싶은 여자의 심리였다.

나의 이런 행동에 강호와 신구는 만족한 모습이었다.

"우리 춤추러 나가자."

강호는 김나영의 손을 잡고는 스테이지로 이끌었다. 우리도 자리에서 일어나 춤을 추러 나갔다.

춤을 추러 나가는 신구의 귀에 조용히 말을 건넸다.

"옆에 친구가 마음에 들면 적극적으로 나가. 우물쭈물하지 말고."

내 말에 신구의 고개가 위아래로 끄덕여졌다.

음악에 맞추어 춤을 추는 두 여자는 우리와 함께하는 것에 만족해하는 것 같았다.

강호와 김나영은 죽이 잘 맞았고 신구 또한 내 말 때문인지 적극적으로 정혜수에게 말을 붙였다.

신구는·무대로 나오자 자신의 특기인 브레이크 댄스를 선보였다.

그런 모습에 춤을 추던 주변 사람들의 시선이 신구에게 쏠렸다.

신구에 멋진 춤 솜씨에 정혜수는 신구를 다르게 쳐다보았다.

네 사람의 분위기가 좋은 쪽으로 흘러갈 때에 삐삐가 울렸다.

가인이었다.

스페이스 근처에 도착한 것 같았다. 카페 밖으로 나가 가인이를 기다렸다.

3분 정도 지나자 멀리서 가인이가 걸어오는 것이 보였다.

"여기야!"

내 목소리에 가인이가 손을 흔들었다.

"락카페를 다 오고 말이야. 재미 좋았어?"

가인이는 나를 위아래로 살피며 물었다.

"네가 없는데 재미가 있겠냐? 당연히 없지."

"입에 침이나 바르고 거짓말하세요. 내가 삐삐 치지 않았으면 셋이서 여자들과 재미있게 놀았을 것 아냐?"

"NO! 난 절대로 그런 사람 아니다. 두 놈이 하도 가자고 해서 억지로 끌려 온 거야. 저녁은 먹었어?"

화통한 성격의 가인이었지만 다른 건 몰라도 여자 문제와 관련되어서는 다른 여자들과 마찬가지로 민감했다.

"대충 먹었어. 맛있는 저녁 먹으려고 오매불망(寤寐不忘) 남자 친구가 오기만을 기다리고 있었는데 말이야."

"정말 미안하다. 두 친구하고 오랜만에 술을 마셔서. 어떡할래? 들어갈까 아니면 다른 데 갈까?"

이럴 때는 먼저 사과하는 것이 좋다.

"여기까지 왔는데 그냥 가기는 아쉽잖아? 꼬신 여자들도 궁금하고."

"하하하! 누굴 꼬셔. 그냥 술만 마셨습니다. 올라가면 알 거야."

솔직히 다행이었다.

여자가 세 명이었으면 큰일 날 뻔했다.

털모자를 푹 눌러쓰고 온 가인이었다.

락카페 안으로 들어서자마자 모자를 벗었다. 그러자 모자에 숨겨졌던 가인이의 외모가 드러났다.

175㎝가 넘는 큰 키에다가 한눈에 띄는 미모의 여자가 들어서자 사람들의 시선이 가인이에게 쏠렸다.

그런 반응에 나도 모르게 어깨에 힘이 들어갔다.

'가인이가 예쁘기는 예쁘지.'

춤을 추러 나갔는지 네 사람은 보이지가 않았다.

"락카페는 처음이지?"

"왜 처음인 것 같아?"

순간 가인이의 말에 신경이 쓰였다.

"처음이 아니야?"

난 놀란 표정으로 물었다.

"깔깔깔! 표정이 또 경직됐네. 처음이야. 여기 올 시간이 있었겠어?"

내 반응에 가인이는 재미있다는 듯이 말했다.

"대입시험 끝나고 올 수도 있었잖아?"

"난 남자 친구가 싫어하는 일을 절대로 하지 않습니다. 하기야 이런 마음을 알지도 못하고 나 몰래 이런 곳이나 오니, 좀 그러네."

"아니야. 아까도 말했지만 강호하고 신구가 날 강제로 끌고 오다시피 했다니까."

"그 말이 왜 가슴에 와 닿지가 않을까. 하여간 이번이 마지막이야. 나랑 함께 오면 몰라도."

"당연하지. 그걸 말이라고 하냐. 앞으로 개강하면 학교도 함께 다닐 것 아냐?"

내 말에 가인이의 매섭던 시선이 풀어지는 듯했다.

"하긴 매일 내 옆에 붙어 있어야 하니까. 이런 데는 안주가 이렇게 나오는구나."

순간 가인이가 던진 말이 무섭게 들려왔다.

그때였다.

춤을 추러 나갔던 강호와 신구가 자리로 돌아왔다.

그런데 자리로 함께 돌아온 여자가 둘이 아니라 셋이었다.

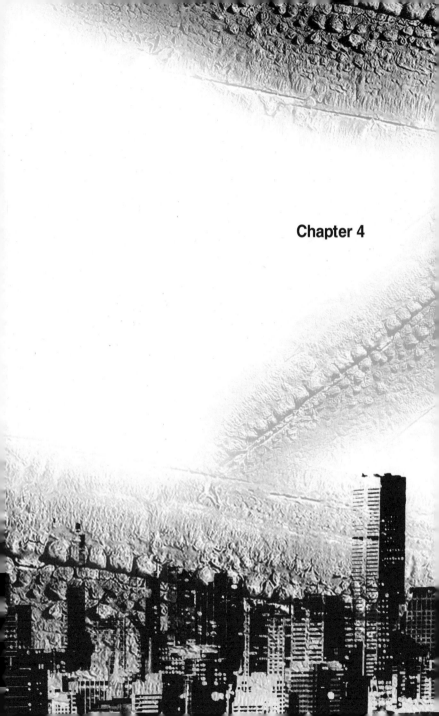

Chapter 4

　세 명의 여자는 가인이의 출현에 몹시 당황한 표정이었
다.

　분위기를 보아하니 짝을 맞추기 위해서 친구를 부른 것
같았다.

　강호와 신구도 가인이가 온다는 사실을 모르고 있었기
때문에 친구를 부르라고 말한 모양이다.

　문제는 내가 가인이에게 한 말이 거짓말이 되었다는 것
이다.

　가인이의 표정이 살짝 경직된 것이 보였다.

"내가 괜히 온 것 같네?"

말투 또한 달라졌다.

가인이의 말에 뭐라고 답을 하기가 난감한 상황이었고 어색한 분위기가 흘렀다.

"저희 화장실 좀 갔다 올게요."

세 여자가 화장실을 핑계 대고 자리를 떠났다.

"어떻게 된 거야?"

나는 강호에게 물었다.

"나는 가인 씨가 오는 줄 몰랐지. 나영이에게 삐삐가 와서 전화했더니 친구가 근처에 있다고 하길래 오라고 한 거야."

강호는 김나영과 어느새 친숙한 사이가 된 것 같았다.

"내가 없었으면 삼 대 삼으로 딱 좋았는데 그랬네요."

강호의 말에 가인이가 쏘아붙이듯이 말했다.

"아니에요. 그게 아니라 나영이 친구가 근처에 있다고 해서……."

강호는 가인이의 말에 제대로 대답을 못 했다.

"제가 일어날게요. 세 분께서 재미있게 노세요."

가인이가 자리에서 일어났다. 난 그런 가인이의 손을 잡았다.

"강호가 일부러 그런 게 아니잖아. 네가 가면 난 또 뭐가 되니? 잠시 있다가 가자."

내 말에 가인가 나를 잠시 쳐다보다니 자리에 앉았다.

"하긴, 그럴 수도 있는데 내가 좀 오버하는 것 같네. 술이나 한 잔 따라줘."

가인이는 앞에 놓인 빈 술잔을 내게 내밀었다.

"잠시만 맥주 좀 시킬게."

테이블에는 맥주가 떨어지고 양주만 있었다.

"아니, 그냥 양주 줘."

"야, 이거 독해."

"괜찮아. 내가 술 취해도 오빠가 있는데 뭐가 걱정이야."

"그래, 네가 있는데 걱정할 게 못 되지. 어서 따라드려."

앞에 있던 강호가 재빨리 나에게 양주병을 건넸다.

강호 또한 가인이 앞에서는 왠지 모르게 주눅이 든 모습이었다.

"알았다. 그래도 조금만 마셔."

나는 양주를 따르기 전에 먼저 잔에 얼음을 채웠다.

"오늘은 술 좀 마실 거니까, 잘 책임져."

가인이의 커다란 눈이 나를 바라보며 말했다.

"예, 잘 모시겠습니다."

"으음! 태수야, 난 네 여자 친구분을 처음 본다."

강호 옆에 앉은 신구가 헛기침하며 말했다.

"어! 그랬구나. 여긴 송가인이고 나이는 우리보다 한 살 어려."

"안녕하세요. 제가 좀 전에는 실례를 했네요. 태수 오빠를 너무 좋아하다 보니까 저도 모르게 질투를 했나 봐요."

가인이는 두 친구 앞에서도 나에 대한 감정을 서슴없이 표현했다.

"아닙니다. 태수가 정말 부럽네요. 이렇게 멋지고 아름다운 여자 친구가 있다는 게 사실 믿기지가 않습니다."

신구는 거침없이 감정을 표현하는 가인이의 모습이 좋았다.

더구나 가인이는 정말 흔히 볼 수 없는 미인이었다.

"그렇죠. 태수 오빠가 그런 사실을 잘 모르는 건지 아니면 자주 까먹나 봐요. 자! 우리 이렇게 오늘 만났는데 다 함께 건배해요."

가인이의 말투를 들어보니 기분이 좀 풀어진 것 같았다.

"그러죠."

"좋습니다."

가인이의 말에 신구와 강호가 잔을 들었다.

우리가 모두 잔을 들어 건배를 마칠 때에 화장실을 갔었던 여자들이 돌아왔다.

한데 세 명이 아니라 둘이었다.

"어! 한 사람은 갔나 봐?"

"어, 마침 그 친구의 친구에게서 삐삐가 와서."

신구의 파트너가 된 정혜수가 말했다.

"다행이네. 분위가 조금 어색했었는데."

강호가 김나영에게 술을 따라주며 말했다. 두 친구와 여
자들은 서로에게 호감을 보이고 있었다.

분위기를 좀 더 좋게 하려고 친구를 불렀는데 그게 오히
려 분위기를 망칠 뻔했다.

"다음에 만나면 밥이나 사주려고. 여기까지 불러놓고서
친구를 만나러 가긴 했지만, 가는 게 좀 그래서."

"내가 밥 사줄게. 내일 다시 만날까?"

"그것도 좋겠다."

"OK! 알았어."

강호에게 호감이 있는 김나영은 바로 호응했다.

그때 맞은편에 앉은 정혜수가 가인이를 뚫어지게 쳐다보
며 말했다.

"혹시 패션모델 하세요? 키도 크시고 되게 예뻐요."

"아니에요. 그냥 학생이에요."

"학생 같지가 않아요. 정말 세련되고 예뻐서 꼭 영화배우

나 모델 같아요."

김나영도 가인이의 모습에 반했다는 듯이 말을 했다.

"그렇게 봐주셔서 고맙습니다. 옆에 있는 사람은 그렇게 절 안 봐서 탈이에요."

가인이의 말에 두 여자가 날 보며 한심한 듯이 말했다.

"정말 그러면 눈이 삔 거지."

"솔직히 이렇게 보니까 여자분이 조금 아깝다."

졸지에 난 가인이를 편이 되어버린 여자들에게 안 좋은 소릴 듣게 되었다.

왠지 가인이에게 사과를 해야 하는 분위기였다.

"후! 내가 잘못했다."

"앞으로 잘해."

"알겠습니다. 자! 모두 다 함께 한잔하자."

가인이에게 사과를 한 후에 화제를 다른 쪽으로 돌리기 위해서 재빨리 건배를 청했다.

다 함께 술을 마신 후 여섯 명 모두가 춤을 추러 나갔다.

가인이와 함께 춤을 추러 온 것이 처음이었다. 가인이가 춤을 잘 추는지 아니면 숙맥인지 몹시 궁금했다.

스테이지에 오르자마자 나의 궁금증은 바로 풀렸다.

음악에 맞추어 가볍게 턴하는 동작부터가 달랐다.

어깨와 팔을 살짝살짝 튕기는 동작은 무술 동작을 응용한 거였다.

다른 여자들처럼 과한 동작도 아니었는데도 훨씬 세련되고 멋진 모습이었다.

가인이의 외모와 춤동작은 주변에 있던 사람들의 시선을 단번에 사로잡았다.

모두가 가인이의 움직임에 시선이 쏠렸고, 함께 온 사람에게 연예인이 아니냐는 물음을 던지게 하였다.

나 또한 가인이의 춤동작에 맞추어 몸을 움직였다. 지금 시대보다 앞선 춤동작을 선보이자 탄성이 여기저기서 들려왔다.

지금 춤을 추고 있는 어떤 남자보다도 돋보이는 춤동작이었다.

"언제부터 그렇게 춤을 잘 췄어?"

가인이가 내 춤동작에 물어왔다.

"오빠가 못하는 게 어디 있니. 넌 춤을 어디서 배운 거야?"

"연극부에서 배웠지. 춤이 필요한 작품도 있었거든. 거기에 내가 좀 응용을 한 거지."

디스코 풍의 음악으로 바뀌자 난 순간 머릿속에 떠오른 춤동작이 있었다.

"그럼 이 동작을 한번 따라 해봐."

내가 먼저 동작을 보여주었다.

2007년과 2009년 대한민국에서 가장 인기 있고 성공했던 원더걸스의 텔미(Tell Me)와 노바디(Nobody)의 춤동작이었다.

크게 어려운 동작이 없었기 때문에 가인이는 쉽게 따라 했다.

"와! 재미있네. 이런 춤은 어디서 배운 거야?"

세련되고 재미있는 춤동작들에 가인이는 만족스러운 모습이었다.

"어! 네가 춤추는 모습에 갑자기 생각이 났어."

가인이가 알지도 못하는 원더걸스 이야기를 하기가 그랬다.

"정말! 오빠는 대단한 것 같아. 이런 것까지 잘할 줄은 정말 몰랐거든."

"오빠를 너무 짧게 보는 것 아니야?"

"후후! 이젠 그렇게 안 보여."

가인이는 밝게 웃으며 말했다.

음악이 몇 번 바뀔 때까지 춤을 추다 자리로 돌아왔다.

그때 우리 자리로 다가온 인물이 있었다.

"저기 잠깐 저와 이야기 좀 나눌 수 있을까요?"

나에게 말을 건넨 인물은 어디서 많이 본 듯한 남자였다.

"왜 그러시죠?"

"춤을 추시는 걸 봤습니다. 정말 맛깔나게 춤을 추시더군요. 그래서 잠시 이야기를 나누고 싶어서 그렇습니다. 이상한 사람은 절대 아닙니다."

그의 독특한 말투 때문에 이제야 내 앞에 서 있는 인물이 누구인지 알 수 있었다.

놀랍게도 나에게 말을 붙인 사람은 다름 아닌 서태지와 아이들의 멤버 중의 하나인 양현석이었다.

양현석은 내가 추던 춤을 유심히 살펴보고 있었다.

"예, 알겠습니다. 잠깐 기다리고 있어."

뜻밖의 상황에 잠시 당황스러웠지만 난 양현석과 이야기를 나누기 위해 자리에서 일어났다.

시끄러운 음악을 피하려고 우린 복도로 향했다.

"저는 양현석이라고 합니다. 잠깐 봤는데 정말 춤이 멋졌습니다."

양현석은 자신의 이름을 말하며 내게 악수를 청했다.

당대의 춤꾼인 그에게서 칭찬을 다시 받자 절로 웃음이 나왔다.

"하하! 아닙니다. 저보다 춤을 더 잘 추시잖아요?"

"절 아십니까?"

순간 내 질문에 양현석의 눈이 커졌다. 더구나 그는 스페이스에서 춤을 추지도 않았다.

그는 스페이스의 관계자와 알고 지내는 사이로 안부차 잠깐 이곳을 방문한 것이다.

'아차! 양현석은 날 모르지…….'

"춤을 잘 추실 것 같다는 말을 하려고 한 것입니다."

"아! 네. 저도 춤을 추는 춤꾼입니다. 춤이 상당히 세련되시고 감각이 뛰어나신 것 같아서, 제가 좀 제의를 하고 싶어서요."

'설마 서태지와 아이들에 들어오라는 것은 아니겠지.'

"저희가 새로운 음악을 하려고 준비 중입니다. 그 때문에 팀원을 구하고 있습니다. 현재 저 말고도 2명이 더 있는데, 3인조도 좋지만 4인조로도 구상을 하고 있어서요."

양현석은 내가 생각한 대로 팀에 들어오라는 제안을 했다.

'4인조면 서태지와 삼태기나, 서태지와 삼총사로 가야 하는 것 아냐.'

"저는 그 정도로 춤을 추지 못합니다. 그저 친구들과 함께 어울리는 정도입니다."

"제가 볼 때는 아닌데요. 실례지만 성함 좀 알려주시겠습니까?"

미처 양현석에게 이름을 말하지 않았다.

"강태수라고 합니다."

"태수 씨의 춤은 지금껏 제가 본 춤 중에서 가장 세련된 춤이었습니다. 여자 친구분에게 가르쳐 주시던 춤도 정말 독창적이고 멋져 보였습니다. 이건 제 연락처입니다, 한번 시간을 내주시면 좋겠습니다."

양현석은 내 말에서 물러나지 않고 오히려 적극적으로 나왔다. 그가 건네준 명함에는 이름과 삐삐 번호만 달랑 적혀 있었다.

'그래, 앞으로 대스타가 되는 사람을 알고 지내는 것도 나쁘지는 않겠지.'

사실 양현석이 제안한 일을 할 시간적인 여유가 전혀 없었다.

1992년 선풍적인 인기를 얻으며 등장한 서태지와 아이들의 멤버를 알게 된다면 그들을 닉스의 모델로 삼을 수 있겠다는 생각이 들었다.

현재 닉스에서는 하반기 정도에 스포츠 의류를 론칭하기 위해 준비 중이었다.

"알겠습니다. 제가 삐삐 하겠습니다."

"하하하! 고맙습니다. 태수 씨가 꼭 저희 팀에 합류했으면 좋겠습니다."

양현석은 내 말에 흡족한 웃음을 내보이며 말했다.

나는 그와 악수를 하고는 다시 친구들이 있는 곳으로 향
했다.

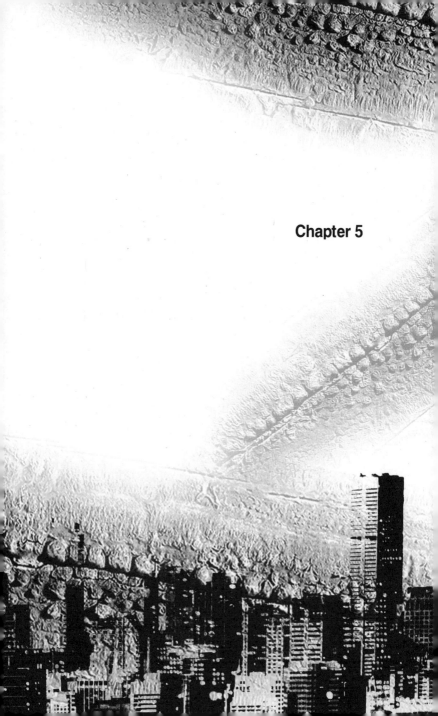

Chapter 5

　자리로 돌아오자 낯선 남자 둘이 서성대며 가인이에게
계속 말을 붙이고 있었다.

　다른 사람들은 춤을 추러 나갔는지 보이지가 않았다.

　"가인아! 아는 사람이니?"

　난 일부러 그들에게 들으라고 큰 소리로 말을 했다.

　나의 등장에 내 또래로 보이는 두 남자가 당황한 눈치였
다.

　"어! 오빠. 아니야. 남자 친구가 있다고 하는데도 계속 말
을 붙여서 짜증이 나려는 참이었어."

가인이의 말이 더해지자 두 남자 중 하나는 자리를 떠났다.

한데 나머지 한 남자는 날 위아래 훑어보며 시비조로 말을 던졌다.

멋을 내기 위해 머리를 올백으로 넘긴 사내였다.

"허! 별것도 아닌 놈이 여자는 좆나 예쁜 년을 데리고 다니네."

나에게 던진 말에 가인이를 거론한 것이 무척이나 기분이 나빴다. 그냥 지나칠 수가 없었다.

"지금 뭐라고 한 거야?"

"왜? 여자 앞이라고 가오 좀 잡으려고?"

무스로 머리를 올백으로 넘긴 사내는 내 말꼬리를 잡았다. 일부로 시비를 건다는 느낌이 들었다.

"사과해라. 사과하면 그냥 없던 일로 해줄 테니까."

가인이는 날 말리지 않고 지켜보았다.

"후후! 이 새끼가 정말 여자 앞이라고 똥폼을 잡네. 그래서 사과 안 하면 어쩌려고? 한 대 치시려고?"

올백 머리가 건들거리며 내 앞으로 걸어왔다. 시비를 단단히 거는 모양새였다.

"정말 상대할 가치도 없는 양아치 놈이네."

가인이가 더 이상 참지 못하고 말을 던졌다. 무척이나 화가 났을 때의 말투였다.

"하하! 이제 쌍으로 성질을 건드리네. 싸가지 없는 년이 누구보고 양아치래?"

사내는 하지 말아야 할 말을 뱉고 말았다.

가인이의 미간이 꿈틀댔다. 그 모습에 사내가 불쌍해지기 시작했다.

아니나 다를까, 가인이의 입에서 싸늘한 말이 나왔다.

"여기서 맞을래, 아니면 나가서 맞을래?"

가인이의 말에 올백 머리는 어이없는 표정을 지었다.

"뭐하는 거야? 하! 정말 얼굴 반반해서 봐주려고 했는데 안 되겠네."

말이 끝나자마자 사내의 손이 가인의 얼굴로 향했다.

그때 가인이의 얼굴에서 싸늘한 미소가 보였다. 저 미소를 흑천의 인물과의 싸움에서도 보았었다.

아니나 다를까, 올백 머리의 손이 가인이의 얼굴에 닿기 전에 시끄러운 음악 소리를 뚫고 외마디 비명이 들렸다.

"아악!"

올백 머리는 그 자리에 주저앉으며 오른손을 부여잡았다.

오른손의 검지와 중지가 위쪽으로 비틀어져 꺾여 있었다.

부여잡은 오른팔을 부들부들 떠는 모습이 무척이나 고통스러워 보였다.

가인이의 이러한 수법을 몇 번 보았지만 아직도 어떤 식으로 펼치는지 알 수가 없었다.

"여자에게 함부로 손을 올리는 놈은 똑같이 맞아야 하는 거야."

가인이가 차갑게 말을 내뱉었다.

"악! 좆나 아파! 너… 내가 누구인지 알아? 너 내가 가만 두지 않을 거야. 으윽!"

올백 머리는 가인이를 노려보며 악을 썼다.

"내가 알 필요가 있나? 아직 정신을 못 차렸군."

말이 끝나자마자 가인이의 손이 무서운 속도로 올백 머리의 뺨을 때렸다.

철썩!

올백 머리의 몸이 들썩거릴 정도의 충격이었다. 그의 얼굴에는 손바닥 자국이 선명하게 새겨졌다.

문제는 한 대가 아니었다.

철썩! 철썩!

연달아 올백 머리의 뺨에 가인이 손이 얹어졌다.

무표정한 얼굴로 올백 머리의 뺨을 때리는 가인이가 무서울 정도였다.

그 모습은 누구라도 기가 질리는 모습이었다.

"아악! 잘못했습니다. 그만… 이제 그만 때리세요. 흑 흑!"

올백 머리는 고통을 참을 수 없었던지 울음까지 터뜨리며 몸을 수그렸다.

그제야 가인이의 손이 멈춰졌다.

올백 머리는 왼쪽 뺨이 심하게 부풀어 올라 얼굴이 두 배로 커졌다.

그때였다.

올백 머리의 비명을 들었는지 그의 일행이 우리 자리로 몰려왔다.

그들은 칸막이가 되어 있는 자리에 앉아 있어서 이쪽의 상황을 보지 못했었다.

"규태야! 어떻게 된 거야? 너흰 뭐냐?"

두 명의 일행은 규태란 이름의 올백 머리를 일으키며 나에게 적개심을 드러냈다. 둘 다 키가 크고 단단한 체격들이었다.

"맞을 짓을 해서 몇 대 맞은 것뿐이야."

나 대신 가인이가 두 사람을 보며 말했다.

카리스마가 넘치는 가인이의 말에 두 사람은 움찔한 표정이었다.

"누구한테 맞은 거야?"

"으으! 그냥 가자. 빨리 병원에 가고 싶다."

휘어진 손가락을 부여잡은 규태는 지금의 자리를 벗어나고 싶을 뿐이었다.

가인이가 일반적인 여자가 아니라는 것을 올백 머리는 인지한 것이다.

"이렇게 됐는데 어딜 가? 좋은 말 할 때 둘 다 따라 나와라."

인상을 쓰며 말하는 올백 머리의 일행은 그냥 넘어가지 않을 태세였다.

"악! 시발! 그냥 가자고. 쪽팔리니까."

일행의 말에 올백 머리가 신경질적으로 말했다.

여자한테 맞고서 울었다는 것이 무척이나 자존심을 건드렸다. 올백 머리는 빨리 이 자리를 떠나고 싶은 생각뿐이었다.

더구나 지금 두 사람이 나서서 해결될 문제도 아니었다.

"내가 똑똑히 네놈 얼굴 기억했으니까 절대 길거리에서 마주치지 마라, 시발놈아."

올백 머리를 부축해서 나가는 친구 중에 하나가 날 보며 경고했다. 올백 머리를 때린 사람을 나로 오해한 것이다.

난 그에 말에 대꾸하지 않았다.

"괜히 나 때문에 오빠가 욕을 먹은 것 같네."

"아니야, 괜찮아."

"여기 계속 있고 싶은 마음이 없어졌어. 우리 나가자."

가인이의 말에 난 친구들에게 이야기하고 스페이스를 나섰다.

밤이 되자 바람이 불고 날씨가 더 쌀쌀해졌다.

나는 가인이의 손을 잡고서 스페이스를 나와 무작정 걸었다.

그저 내 옆에 누군가가 함께 걸어간다는 것이 행복했고 좋았다.

가인이의 손에서 전해져 오는 따스함이 이전 삶에 대한 아픈 기억이 눈 녹듯 사라졌다.

어딘가에 있을 것 같았던 나의 반쪽을 과거 속에서 찾을 줄 꿈에도 몰랐다.

신촌에서 이대까지, 그리고 아현역에 이를 때까지 아무 말을 하지 않았다.

하지만 우린 느낄 수 있었다.

서로를 무척이나 의지하고 아끼고 있다는 것을.

그곳에서 택시를 타고 집에 올 때까지 가인이는 내 손을 놓지 않았다.

＊　　　＊　　　＊

　명성전자에 출근하자마자 조립라인의 증설을 논의했다.

　꾸준하게 늘어나는 컴퓨터 수요와 재즈—1의 판매가 급격히 늘고 있었기 때문이다.

　더구나 퀄컴과의 계약과 관련하여 반도체공장 설립도 조금씩 준비를 해나가야만 했다.

　"현재 라디오 생산라인을 줄이는 것밖에는 방법이 없습니다."

　명성전자에서 생산라인을 책임지고 정현우 부장의 말이었다.

　현재 2종류 고급 라디오 위주로 생산하고 있었고 대부분이 외국으로 수출되었다.

　라디오의 생산라인을 줄여가는 이유는 앞으로 등장하게 되는 MP3플레이어를 대비한 것이기도 했다.

　MP3플레이어는 우리나라에서 세계 최초로 개발되어 한때 우리나라 벤처기업들이 세계시장을 독차지하다시피 했던 품목이다.

　하지만 성공을 지키지 못하고 후발주자인 애플의 아이팟에게 시장을 빼앗기고 말았다.

　"결국은 공장을 짓거나 새로운 공장을 알아보는 수밖에

는 없다는 말인가요?"

"예, 작년에 공장 한 동을 직원들의 문화센터로 개조했고, 여유가 있었던 창고 건물에는 블루오션까지 들어와 있어서 생산라인을 증설할 수가 없습니다."

낡은 공장 건물을 직원들의 취미활동과 문화생활을 위해서 도서관과 휴게실로 꾸몄다.

직원들의 회사 생활이 만족스럽게 변하자 초기 명성전자 시절 3~4%에 달하던 높은 불량률이 0.5% 미만으로 떨어졌다.

직원이 행복한 회사가 얼마나 큰 성과를 얻을 수 있는지 단적으로 보여주는 일이었다.

생산라인의 부족은 명성전자에서 예측했던 것보다도 빠르게 수주 물량이 늘어난 게 원인이다.

한때 명성전자는 공장 4개 동 중 3개 동의 생산라인이 멈춰 섰었다.

"혹시 주변에 있는 다른 공장을 이용할 방법은 없겠습니까?"

내 물음에 이철용 이사가 대답을 했다.

그는 내가 자리를 비울 때마다 명성전자를 잘 이끌고 있었다.

"우리 회사에서 차로 3~4분 정도 떨어진 곳에 있는 동성

제약이 공장을 안성으로 옮기려고 지금의 공장을 내어놓았다고 합니다. 건물의 크기나 공장 용지가 작지 않아서 생산라인의 증설에는 문제없을 것 같습니다."

"그럼 가격이 어느 정도 되는지 관계자와 접촉해 보십시오. 당장 새로운 공장을 지을 시기는 아닌 것 같습니다. 자금 상황은 어떻습니까?"

내 물음에 이철용 이사가 다시 말을 이었다.

"현재 도시락에 50억이 투자된 상태입니다. 남아 있던 은행부채 12억 원은 올 1월부로 모두 상환했습니다. 현대전자와 블루오션에서 들어온 납품 대금까지 합하면 79억 정도의 여유 자금이 있습니다."

기존에 명성전자가 가지고 있던 은행 부채 40억 원을 모두 상환한 상태였다.

"그러면 공장을 매입하는 자금이 부족하지 않겠습니까?"

"예, 주변 공장 용지 시세를 생각하면 90~100억 정도의 자금이 필요할 것 같습니다."

이철용 이사의 말이었다.

"그럼 공장 매입을 추진하는 걸로 가시죠. 공장 매입에 필요한 자금과 생산라인 증설에 관련 자금까지 산정하셔서 보고서로 올려주십시오."

"예, 곧바로 관계자를 만나 진행하겠습니다."

이철용 이사의 대답과 함께 다른 부서 부서장의 보고가 이어졌다.

부채가 완전히 사라진 명성전자는 다른 회사와 마찬가지로 가파른 성장과 함께 도약의 발판을 마련했다.

386컴퓨터의 수요로 인한 생산 증가와 블루오션의 신제품이 계속 나올 예정이라 올해 명성전자의 매출은 작년보다 높을 것이다.

*　　*　　*

명성전자의 오전 회의에 이어서 오후에는 블루오션에서 회의가 이어졌다.

퀄컴과 합작에 따른 연구 인력의 파견과 기술 이전에 따른 인력 확충에 관한 회의였다.

원래의 계획대로 미국 캘리포니아 주 샌디에이고에 위치한 퀄컴 본사에 위치한 연구소로 김동철 과장과 성완종 과장을 보내기로 했다.

둘 다 블루오션의 핵심 인물이자 개발진이었다.

이들은 적게는 3개월에서 많게는 6개월까지 기초적인 CDMA에 대한 기술부터 상용화에 대비한 기본 기술을 배워올 것이다.

"우선 4명의 제품 연구 인력과 2명의 디자이너를 더 추가할 계획입니다. 제가 미국으로 가기 전에 모든 준비를 해두겠습니다."

김동철 과장의 말이었다.

현재 개발부를 인력 보강이 이루어지면 연구소로 확대 개편할 생각이다.

"재즈(Jazz)-2의 개발 진행은 어떻게 되어가고 있습니까?"

재즈-2는 시장에서 뜨거운 반응을 보이고 있는 재즈-1을 보강한 제품이다.

새로운 기능을 추가하는 것보다 안테나의 재질과 새로운 회로 기술의 개발로 수신 감도를 대략 2데시벨(㏈) 정도 향상했다.

또한 고밀도 실장 기술로 크기를 조금 더 줄였고 저소모 전류회로 설계 기술을 적용하여 최소 소비전류를 실현하여 건전지의 사용 기간을 더욱 늘렸다.

착용감이 좋아진 작은 크기에다가 귀여운 액세서리 같은 느낌을 주어 젊은 층에 더욱 어필할 수 있게 만들었다.

블루오션의 전략은 10대 시절부터 블루오션의 제품에 익숙하게 만드는 것이다.

나이가 들어도 블루오션의 제품을 찾을 수 있도록 경쟁

회사와 철저하게 다른 마케팅과 기술을 적용 중이었다.

"3월 중반 정도에 시제품이 나올 수 있습니다. 현재까지 재즈―2에 새롭게 적용된 기술에 대한 테스트는 완벽하게 맞췄습니다. 재즈―2 금형 설계가 끝나면 계획대로 4월에는 재즈―2를 출시할 수 있습니다."

자신감 있는 어투로 재즈―2 개발을 주도하고 있는 성완종 과장이 말했다.

"좋은 소식이네요. 통신기기시장 상황은 어떻습니까?"

"예, 현재 유선통신기기 시장은 작년 한 해 생산과 내수에서 2.7%와 7.8% 마이너스 성장을 보이고 있는 반면에 무선통신기기 시장은 생산과 내수에서 각각 37%와 65%의 성장을 기록했습니다. 수출과 수입도 21.5%와 96%로 늘어나 고도성장 중입니다. 그로 인해 작년 국내 이동통신단말기기(무선호출기 포함) 국내 시장 규모는 1천억~1천 2백억 원으로 추정하고 있습니다. 올해는 2천억 원을 넘어설 것으로 예상하고 있습니다."

영업부서의 최영 대리가 보고를 했다.

"현대전자에서 재즈―1을 요청한 것은 어떻게 진행되고 있습니까?"

현대전자에서 재즈―1을 대리 판매하고 싶다는 요청을 해왔다.

현재 현대전자의 무선호출기 제품이 경쟁회사인 삼성전자와 금성전자통신은 물론 모토로라와 필립스코리아에도 밀리고 있었다.

무선호출기 시장에서 돌풍을 일으키고 있는 재즈—1을 대리 판매해서라도 추락하고 있는 시장점유율을 올리길 원했다.

블루오션은 부족한 판매망을 늘릴 기회였다.

현재 서울을 비롯한 부산과 대구 등 대도시에만 재즈—1이 공급되고 있다.

현대전자의 판매망을 이용하면 중소도시까지 진출할 수 있을 것이다.

"가격에 대한 합의만 끝나면 바로 납품을 진행할 예정입니다. 오늘 현대전자 관계자를 만나 최종 결정을 할 것입니다."

현재 시중에서 15만 원에 팔리고 있는 재즈—1의 납품가를 13만 원에 요구하고 있었다.

대신 납품하는 즉시 현금으로 지급하는 조건이었다.

블루오션에서는 14만 원을 받길 원했다. 나는 납품가 결정에 관여하지 않고 있었다.

"알겠습니다. 국산 부품의 수급은 어떻습니까?"

현재 무선호출기(삐삐)의 부품의 국산화율이 30% 수준이었다.

더구나 올해 무선호출기기는 수출과 내수를 합해 대략 85만 대가 팔릴 것으로 예상하고 있었다.

평균 15만 원에서 20만 원 사이에 있는 무선호출기 시장은 대략 1천 5백억 원이 넘어서는 시장으로 빠르게 커졌다.

부품의 국산화를 이루어내지 못하면 대부분의 돈이 외국으로 빠져나갈 뿐이었다.

"재즈—1에 최대한 국산 부품을 쓰려고 하지만 단가가 맞지 않은 경우가 많아서 31% 정도 사용 중입니다."

성완종 과장의 말이었다. 다른 회사보다는 높은 수준이었다.

세한정밀에서 무선호출기에 들어가는 핵심 부품을 개발했지만 생산은 10월로 잡혀 있었다.

"우리가 조금 손해 보더라도 국산 부품을 늘리세요. 핵심 부품을 국산화할 수 있는 회사도 더 알아보시고요. 힘들게 개발했는데 남 좋은 일을 시킬 수는 없습니다."

"알겠습니다. 최대한 적용하도록 하겠습니다."

블루오션의 회의를 끝내고 나는 곧장 이태원으로 향했다.

오늘 양현석과 만나기로 한 날이었다.

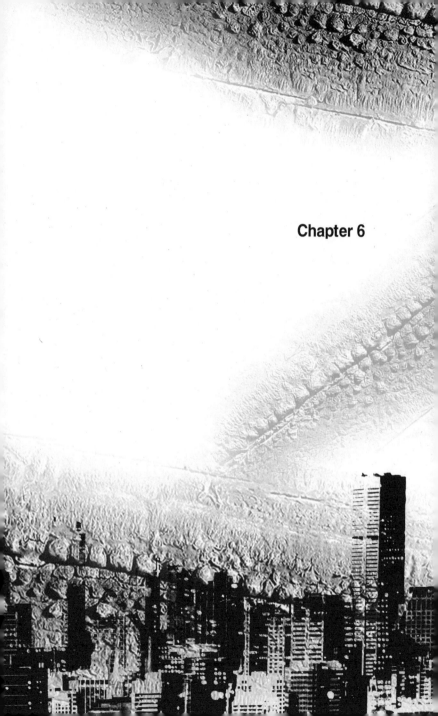

Chapter 6

 이태원은 서울에서 미국 등 외국 문화를 가장 먼저 접할
수 있는 곳이다.

 미국에서 유행하는 최신 음악과 춤이 이태원에서 먼저
선보였고 또한 이곳에서 연주 활동을 하는 뮤지션도 많았
다.

 시나위에서 베이스 기타를 쳤던 서태지는 시나위 해체
이후 새롭게 등장한 미디 음악(컴퓨터를 이용한 디지털 음악)
을 시도하려고 준비 중이었다. 이러한 과정에서 춤꾼인 양
현석과 이주노를 만났다.

약속한 장소에 도착하자 양현석과 서태지가 함께 앉아 있었다. 다른 멤버인 이주노는 보이지 않았다.

"여기입니다!"

양현석이 날을 보자 손을 흔들었다.

핵폭탄급의 파급력으로 1992년의 음악계를 뒤흔들어 놓는 주인공을 직접 만날 수 있다는 것이 정말 신기했다.

서태지와 아이들의 등장 전에는 발라드나 트로트 음악 등이 대한민국 대중 음악계의 주류를 이루었다.

서태지와 아이들 이후로는 랩 음악이 가미된 댄스 음악이 가요계를 장악하게 되었고, 대한민국 가요계는 정확히 서태지와 아이들이 등장한 1992년 4월 11일을 기점으로 구분된다고 할 수 있다.

서태지와 아이들의 퍼포먼스가 이전의 한국 가요들과는 확실히 다른 감각을 보여줬기 때문이다.

"안녕하세요. 강태수라고 합니다."

자리에 앉자마자 인사를 먼저 건넸다. 서태지와 나는 동갑이었다.

"저는 서태지라고 합니다. 본명은 정현철이고요."

귀공자 스타일의 서태지는 작은 목소리로 자신을 소개했다. 노래를 부를 때와는 많이 달랐다.

"이렇게 와주셔서 정말 고맙습니다. 여기 태지가 우리 팀의 작곡과 작사를 담당하고 있습니다. 실질적인 리더라고 보시면 됩니다."

양현석은 서태지에 대해서 알려주었다.

"양 군에게 말을 들었습니다. 춤을 멋지게 추신다고요?"

서태지는 72년생이었다. 서태지는 이전의 양현석에게 춤을 배우기 위해 레슨비를 주었지만, 양현석은 그대로 군대에 가버렸다. 그 이후 다시 만나자 형이라는 말을 하지 않고 양 군이라 불렀다.

"아닙니다. 단순히 친구들과 즐길 정도일 뿐입니다."

"제가 볼 때는 강태수 씨의 춤은 이미 톱클래스 수준입니다."

양현석은 내 말에 바로 반론하듯이 말했다. 뒤이어 서태지가 나를 만나자고 한 이유를 설명했다.

"현재 저희 멤버는 여기 있는 양군과 이주노 형, 그리고 저입니다. 저희가 하려는 음악들은 모두 완성된 상태입니다. 한국에서는 조금 새롭게 보일 수 있는 음악입니다. 지금은 거기에 맞는 안무를 구성 중입니다. 양군이 말한 대로 세 명이 아니라 네 명도 팀 구성에 있어 괜찮을 것 같아서 만나 뵙자고 한 겁니다."

날 끌어들이고 싶은 마음이 엿보였지만 나는 서태지의 제안을 받아들일 생각이 없었다.

그럼에도 이곳에 온 이유는 이들을 통해서 닉스에서 준비 중인 의류 제품을 성공적으로 론칭하기 위함이었다.

서태지와 아이들은 음악적인 부분에서뿐만 아니라 패션에 관해서도 엄청난 영향력을 끼쳤다.

그들이 TV쇼 무대에 입고 나오는 의상은 며칠 내로 그대로 만들어져 동대문과 남대문에 판매되었다.

헐렁한 스웨터와 7부 바지, 멜빵과 등에 메는 배낭, 그리고 큼직한 조끼 등이 서태지와 아이들 패션이었다.

또한 서태지와 아이들의 각종 모습이 인쇄된 티셔츠는 어린아이에서부터 성인까지 불티나게 팔렸다.

심지어 그들이 상징처럼 쓰고 다니는 털모자(비니)까지 유행을 일으켰고, 이들의 얼굴이 새겨진 양말과 운동화도 쏟아져 나왔다.

한마디로 청소년들과 젊은 세대에게는 패션의 아이콘이었다.

10대들이 음반을 사고 굿즈(아이돌 팬덤 용어로 스타의 얼굴이 그려진 컵이나 수건 같은 상품)를 구매하게 하는 시초라고 할 수 있다.

10대 시장을 창출했다는 점에서 서태지와 아이들의 등장은 산업적인 측면에서도 획기적인 일이었다.

"먼저 미안하다는 말을 해야겠습니다. 제안해 주신 점은 감사합니다만 현재 제가 학교와 일을 병행하고 있어서 춤을 추거나 음악을 하기에는 시간적인 여유가 전혀 없습니다. 솔직히 그쪽 분야에 관심도 적고요."

나의 말에 실망한 표정의 서태지가 물었다.

"그럼 여기까지 왜 나오신 거죠?"

양현석과의 전화 통화를 했을 때 거절 의사를 밝힐 수 있었다.

하지만 내가 서태지와 아이들을 직접 만날 수밖에 없는 이유가 있었다.

서태지와 아이들은 10대 시장을 창출한 주역이었고 90년대는 10대의 인구수가 역사상 가장 많은 시기였다.

더구나 90년대는 가요계가 전체 연예계 매출에서 차지하는 비중이 80% 이상이었는데, 그 독보적인 최고의 스타가 서태지와 아이들이었다.

이들로 인해 대중문화와 뮤지션이 사회에서 차지하는 위상도 바뀌었고, 사회와 문화를 보는 시각 자체를 달라지게 했다.

서태지와 아이들은 산업적으로나 문화적으로나 혁명이었다.

이러한 엄청난 파급력을 등에 업을 기회를 놓칠 수 없었기에 이 자리에 온 것이다.

"제가 이곳까지 온 것은 두 분께 제의를 하고 싶어서입니다."

그들은 내 말에 애가 뭔 소리를 하는 거야 하는 표정이었다.

"그게 무슨 말입니까?"

"알고 계시는지는 모르겠지만 제가 몸담고 일하는 곳이 닉스라는 회사입니다. 그곳에서 세 분이 만드신 새롭게 만드신 팀을 후원하고 싶습니다."

내가 닉스의 대표라는 말은 하지 않았다.

"당연히 닉스를 모르면 간첩이지요. 그런데 거기에서 어떤 일을 하시기에 데뷔도 하지 않은 우리를 후원한다는 것입니까? 더구나 저희를 잘 모르시지 않습니까?"

서태지가 의아한 표정으로 물었다.

그의 말처럼 가요계에 데뷔도 하지 않은 팀을 지원한다는 게 이상하게 보일 수 있었다.

'어떻게 말해야 하지…….'

두 사람이 납득할 수 있는 말을 해야만 했다.

"저는 닉스에서 영업을 담당하고 있습니다. 글쎄요, 어떻게 말씀드려야 할지 모르겠습니다만 우리 회사의 패션 모토가 혁신과 변화입니다. 그래서 틀에 박힌 고정관념을 깨는 창조적인 닉스의 새 모델을 찾고 있었습니다. 신촌에서 만난 양현석 씨가 새롭고 참신한 음악을 시도하신다고 해서 정말 새로운 음악을 추구하신다면 저희 닉스의 이미지와 잘 맞을 것 같아서 만나자는 제의에 응한 것입니다. 그래서 부탁을 드리겠습니다. 지금 만들어 놓은 음악을 한 번 들어보고 싶습니다."

대충 듣기 좋은 말들로 둘러댔다.

이미 서태지의 음악을 다 알고 있는 상황에서 두 사람의 호감을 이끌어내는 것이 중요했다.

"확실히 음악적으로 새로움을 추구하는 것은 맞습니다. 하지만 처음 만난 분에게 저희 음악을 들려주는 것이 좀 내키지가 않네요."

서태지는 날 경계하는 눈치였다. 그는 춤을 잘 춘다는 소리에 날 만나러 나왔다.

한데 갑자기 닉스를 들먹이며 지원을 해주겠다는 점이 이상하게 들릴 수 있었다.

거기다 자신과 비슷한 나이로 보이는 내가 자신들을 지원하겠다고 말한 것도 신빙성이 가지 않은 듯했다.

말로는 뭐든 할 수 있었다. 그렇기에 그들은 경계의 눈초리로 나를 바라보았다.

"하하하! 그럴 수도 있죠. 한데 만들어놓으신 곡에 맞는 춤은 준비하셨습니까? 노래와 춤을 무대에서 함께 보여주신다고 양현석 씨에게 들은 것 같아서요."

나는 재빨리 화제를 돌렸다.

두 사람이 관심 있는 춤 이야기가 나오자 서태지의 표정이 달라지는 것이 느껴졌다.

"아직 저희 메인 곡에 대한 춤이 완성되지 않았습니다."

"그럼 제가 좀 도와드리면 안 되겠습니까? 제가 팀에 합류하지는 못 하지만 춤에 대한 아이디어는 드릴 수 있으니까요."

내 말에 양현석이 반색하며 말했다.

"그러면 저희야 좋죠. 태지가 태수 씨의 춤을 보면 단번에 반할 것입니다. 여기까지 오셨는데 한 번 들려주자. 후원까지 해준다는데 우리가 손해 보는 것도 없잖아."

잠시 생각을 하는 듯한 표정을 보인 서태지가 입을 열었다.

"그러면 저희 작업실에 잠깐 가실 수 있습니까?"

그는 양현석의 말에 조금 수그러진 말투였다.

"물론입니다."

"그럼 나가시죠."

우리는 택시를 타고서 서초동에 위치한 연습실로 향했다.

서태지가 안내한 작업실은 서초동에 위치한 건물 지하였다.

지하에 들어서자 벽에 걸려 있는 전면거울이 눈에 들어왔다.

그 옆으로 작은 방이 있었고 서태지는 그곳에서 카세트테이프 하나를 들고 나왔다.

"아직 정식 녹음이 안 된 데모용입니다. 한 번 들어보세요."

그는 테이프를 연습실에 설치된 오디오에 넣었다.

그러자 92년도 최고의 히트곡이자 대한민국 최고의 가요 1위에 오른 '난 알아요'가 흘러나왔다.

난 똑똑히 기억하고 있었다.

1992년 4월 11일 MBC 특종 TV 연예에서 처음 출연하여 금주의 신곡에서 지금 흘러나오는 '난 알아요'를 불렀다.

이날 3팀의 가수가 출현하였고 임백천의 사회로 작곡가 하광훈, 작사가 양인자, 연예평론가로 소개된 이상벽, 그리고 가수 전영록이 노래에 대해 평가를 했었다.

이날 서태지와 아이들은 방송에 출연한 3팀 중에 가장 낮은 점수인 7.8점을 받았다.

하지만 그 방송 이후로 그들에게는 수많은 팬이 생겨났다.

이미 '난 알아요'의 전체적인 춤동작이 머릿속에 들어 있었다.

노래가 끝나자 서태지는 궁금한 듯 나에게 물었다.

"어떻습니까?"

"너무 좋은데요. 강렬한 헤비메탈적 요소도 있고, 리듬감 좋은 댄스 뮤직에다가 랩적인 부분도 쉽게 들려와서 좋았습니다. 한데 안무 구성은 어디까지 짜놓으신 것입니까?"

나는 양현석을 바라보며 물었다.

"앞부분하고 주노 형 파트와 내 파트만 짜놓은 상태입니다."

다행히도 최고의 인기를 얻었던 회오리춤 동작은 아직 만들어지지 않은 상태였다.

"한번 볼 수 있을까요?"

나는 양현석에게 춤을 부탁했다.

"좋습니다."

음악이 다시 시작되고 양현석은 춤을 추기 시작했다.

역시나 당대 춤꾼의 실력이 여지없이 나왔다.

"와우! 멋지네요."

"하하하! 감사합니다."

그는 내 말에 기분 좋은 웃음을 보였다.

"제가 방금 생각난 동작이 있는데 어떤지 한번 보시겠습니까?"

"어! 그래요, 좋죠."

"보여주시죠."

두 사람 다 내 말을 반기는 표정이었다.

이미 머릿속에서 어떤 동작을 펼쳐야 하는지 잘 알고 있었다.

난 리듬에 맞추어서 그가 보여주지 않았던 동작들을 펼치기 시작했다.

서태지와 양현석은 내 춤을 보자 표정이 확 달라졌다.

"그리고 이 부분에서 이 동작이 멋질 것 같습니다."

'난 알아요'의 하이라이트인 회오리춤을 보여주었다.

매일 아침마다 무술을 연마하는 나였기에 주먹을 앞으로 뻗었다가 위로 올리는 회오리춤 동작은 더욱 절도 있고 멋스러웠다.

그 모습에 두 사람 다 깜짝 놀라는 표정이었다.

마치 풀리지 않고 있던 수수께끼를 단번에 풀어버린 사람을 만난 것처럼 말이다.

"하하하! 바로 이거야!"

큰 소리로 웃음을 토해내는 양현석이었다.

서태지 또한 만족한 미소를 내보였다.

나는 서태지와 계약을 성사시켰다. 회오리춤을 선보인
대가였다.

회오리춤은 당연히 메인 안무로 선택되었고 그걸로 인해
서 엄청난 수익을 안겨줄 수 있는 계약을 아주 좋은 조건으
로 얻어냈다.

서태지와 아이들과의 계약 기간은 5년이었다.

닉스는 그들이 무대에서 입는 옷을 제공할 뿐만 아니라
세 사람이 타고 다닐 수 있는 차량도 지원해 주기로 했다.

또한 전담 코디네이터와 메이크업아티스트를 둘 예정이
다.

아직은 연예인에 대한 코디네이터와 메이크업아티스트
의 개념이 없던 시절이었다.

데뷔도 하지 않은 가수를 이처럼 파격에 가까운 지원을
해주는 곳은 대한민국에 없었다.

사실 이 모든 게 서태지와 아이들이 먼저 시작했던 것이
었다.

음반 제작 비용도 모두 닉스에서 제공하며 그에 대한 수
익금을 나눠 갖기로 했다.

그런데 서태지는 거기에서 한발 더 나아가 나와 연예기

획사를 공동으로 설립하자는 제안을 해왔다.

서태지의 제안에 며칠을 고민했다.

앞으로 어떤 영화나 음악들이 히트하는지 잘 알고 있었다.

또한 어떤 드라마를 통해서 새로운 스타들이 탄생하는지도 안다.

미래를 알고 있기에 지금보다 쉽게 돈을 벌 수도 있을 것이다.

하지만 나는 그러한 것을 이용하여 돈을 벌 생각을 접었다.

대박이 난 드라마나 영화, 그리고 가요를 통해서 성공을 이룬다면 자칫 많은 사람의 운명을 뒤바뀌게 만들 수 있었다.

그건 사업이라는 핑계로 내가 알고 있던 유명인들을 역사에서 사라지게 할 위험성이 있었다.

또한 내가 기획사까지 설립한다면 기존의 사업에도 지장을 줄 수 있었다.

올해는 러시아에서 진행하는 룩오일과 소빈뱅크를 정상화시키는 것이 최우선 과제였다.

학업까지 병행하고 있는 지금, 도저히 다른 일에 시간을 낼 여유가 없었다.

더구나 합작 회사는 도시락 이후로 절대 하지 않겠다고 다짐했었다.

양현석과 신촌에서 우연히 만나지 않았다면 서태지를 만날 생각도 안 했을 것이다.

서태지와 아이들과의 인연은 닉스의 도약을 위한 또 하나의 디딤돌로만 생각하는 것이 좋았다.

나의 이러한 생각을 서태지에게 전하자 그는 아쉬움을 드러냈다.

닉스에서 내가 상당한 위치에 있다는 것을 똑똑한 그는 눈치와 주변 상황을 통해 알아챘다.

일개 영업사원으로는 데뷔도 하지 않은 가수에게 파격적인 지원을 이끌어 낼 수는 없었다.

서태지는 데뷔 후에 3개월 만에 자신이 직접 요요기획이라는 기획사를 차렸다.

*   *   *

서태지와 아이들과의 계약으로 닉스의 스포츠의류를 담당하는 팀이 바빠졌다.

사실 의류는 올해 말이나 내년 초에 선보일 예정이었다.

롯데백화점의 이사 김은미의 사촌 동생인 김상미가 팀의 주축이었다.

김상미는 프랑에 있는 파리의상조합 출신이다.

가로수길로 자리를 옮긴 닉스 본사와 디자인센터는 새롭게 보강된 인력을 바탕으로 닉스의 새로운 브랜드인 닉스 프리(NIX—Free)의 디자인에 매진했다.

이사를 마친 닉스 본사에 첫 출근을 한 직원들 모두가 새로운 건물에 놀라움을 표했다.

건물 안에는 직원들을 위한 카페와 휴게실이 독특한 인테리어로 설계되었다.

창의적인 생각과 휴식을 할 수 있도록 18세기 유럽풍의 카페로 꾸몄고 직원 휴게실은 놀이기구의 모양을 축소해서 만들었다.

지하에는 최신식 식당과 함께 직원들의 건강을 위해 운동 시설까지 갖추었고 옥상에는 아름다운 정원을 꾸며 놓았다.

닉스 직원이라면 모든 시설을 무료로 이용할 수 있었다.

일과 휴식을 동시에 즐길 수 있는 공간이었고 카페나 휴게실에서도 일할 수 있도록 만들었다.

한정된 사무실이 아닌 건물 내 모든 공간에서 반짝이는

창의성과 멋진 디자인의 감각이 나올 수 있게 건물을 꾸몄다.

상당한 자금이 들어갔지만 이건 미래를 위한 투자였다.

대한민국에서 이제껏 없었던 직장에 다닌다는 자부심이 즐거운 모습으로 출근하는 닉스 직원들의 얼굴에 고스란히 드러났다.

닉스의 명성이 높아지자 입사지원자도 상당한 경력과 외국의 명문 디자인 학교를 졸업한 인물이 대거 지원했다.

그런데 디자인센터에 새롭게 뽑힌 인물 대다수가 명문대를 졸업한 인물이 아니었다.

명성 있는 학교를 떠나서 독창적이고 새로운 변화를 두려워하지 않은 미래지향적인 디자인의 능력을 갖춘 인물들을 뽑았다.

달걀에서 병아리가 깨어나듯이 정해진 틀 속에서 성공을 위한 공부와 경력만 쌓았던 사람은 선발하지 않았다.

다른 회사라면 당연히 뽑았을 상당수의 인재가 탈락했다.

그들은 자신들을 뽑지 않은 닉스를 이상하게 여겼다. 또한 합격할 가능성이 희박한 사람들이 막상 합격하자 어리둥절한 모습을 보이기도 했다.

그들 중 몇몇은 지원했던 다른 회사에서는 면접은커녕

서류전형에서 탈락했었다.

본인이 가지고 있는 능력을 보여주기도 전에 회사에서 정해놓은 기준에 부합되지 않아 서류전형조차 통과하지 못했다.

닉스는 철저하게 본인들이 가장 잘할 수 있는 부분을 보았고 그것이 닉스의 패션 모토와 접목될 수 있는가를 평가했다.

물론 실력만 있고 닉스에 융합되지 않는 사람은 배제했다.

이러한 닉스의 파격적인 인사 행보에 의아스러운 눈으로 바라보는 외부의 시선도 상당했다.

어느 정도 닉스 본사가 세팅이 갖춰지자 미루었었던 신입 사원 환영회를 열었다.

특급호텔의 식당을 연상시키는 구내식당에는 각종 요리가 차려졌다.

새롭게 닉스에 입사한 인물은 경력사원 둘과 신입 사원 여섯이었다.

디자인센터에 다섯 명이 나머지 세 명은 경원지원팀과 광고팀에 소속된 친구들이었다.

사회자의 소개로 일곱 명의 새 식구는 본사직원들에게 인사를 건넸다. 남자는 둘이었고 나머지는 모두 여자 직원이었다.

디자인센터에 입사하게 된 인물 중 하나는 김상미의 소개로 닉스에 지원한 인물이다.

이름은 이소진으로 명품브랜드인 아르마니에서 근무했었고 김상미보다 두 살 위였다.

김상미와 같이 그녀 또한 파리의상조합을 졸업한 재원이었다.

이소진은 어떤 특혜도 없이 다른 지원자들과 동일하게 프레젠테이션과 면접을 통해서 선발되었다.

그녀 또한 김상미와 함께 닉스프리(NIX—Free) 팀에서 근무하게 되었다.

모든 소개가 끝나고 닉스의 대표로서 직원들 앞에 섰다.

"이렇게 여러분 앞에 서서 이야기를 하게 되니 조금 떨리네요."

내 말에 여기저기서 웃음이 터져 나왔다.

"새로운 본사 건물은 마음에 드십니까?"

나는 직원들을 향해 질문을 던졌다.

"예! 정말 좋아요!"

"최고예요!"

"너무 좋습니다!"

모두가 저마다 본사 건물에 대한 만족스러움을 표했다.

"모두가 좋아해 주시는 것 같아 다행이네요. 닉스가 새로운 도약을 하기 위해 이곳에 많은 돈을 들여서 건물을 짓고 내부를 멋지게 꾸민 것은 아닙니다."

내 말에 직원들이 어리둥절한 표정이었고, 다들 내가 무슨 말을 할지 궁금해하는 모습이었다.

"이러한 투자는 여러분 개개인의 도약을 위해서입니다. 이처럼 새로운 건물이 생기고 사원들이 늘어나는 것은 회사가 커지고 발전해 간다는 것으로 보아도 됩니다. 하지만 회사가 커진다고 해서 여기 계신 모두가 행복해하지는 않습니다. 그래서 저는 모두가 행복할 수 있는 회사를 만들고 싶습니다. 또한 지금 여러분이 서 있는 자리에서 소박하든 원대하든 꿈을 꿀 수 있는 직장이 되길 원합니다. 저는 반드시 여러분의 그 꿈을 이루어줄 수 있는 회사로 만들 것입니다. 열정을 가지고 아름답게 일하십시오, 그러면 닉스는 전 세계를 매료시킬 수 있는 회사가 될 것입니다. 감사합니다, 여러분이 있었기에 제가 이런 이야기를 할 수 있었습니다."

나는 말을 끝내자마자 직원들을 향해 넙죽 큰절을 했다.

나의 갑작스러운 행동에 당황했던 직원들이 내가 일어서

자 큰 환호성과 박수를 쳐주었다.

"와! 대표님 멋있어요."

"우리 대표님 최고!'

이곳에 모인 모두가 행복해야만 했다.

대한민국이 아닌 세상에서 가장 행복한 직장을 만들고 싶었다.

닉스뿐만 아니라 도시락과 명성전자, 그리고 비전전자도 그래야만 했다.

러시아에 세워지는 회사들도 마찬가지였다.

"하하하! 역시 우리 강 대표님은 어디가 달라도 달라. 내가 강 대표의 생각을 따라갈 수가 없어."

부산에서 올라온 한광민 소장이 기분 좋은 웃음을 지으며 말했다.

"그럼요. 대한민국에서 최고로 멋진 대표님이신데요."

옆에 있던 정수진 디자인센터장의 말이었다.

"하하! 다들 왜 그러세요? 비행기를 너무 태우시는 것 같습니다."

"절대로 비행기가 아니라고. 난 닉스가 출범한 지 2년 만에 이러한 일을 이루어냈다는 게 아직도 믿기지가 않아."

한광민 소장은 감해가 새로운 것 같았다. 닉스의 놀라운 성장세는 부산 신발 업계에서도 큰 화제였다.

대다수의 국내 신발 업체가 어려운 경영 환경을 극복하기 위해 동남아로 발길을 돌리고 있는 상황에서 닉스만이 폭발적인 매출과 성장을 이루어냈다.

"다들 열심히 해준 덕분이죠."

"열심히만 한다고 해서 이룰 수 없는 일이야. 문을 닫은 공장들도 열심히 하지 않은 곳이 없어. 이게 다 선장을 잘 만나야 한다고. 자! 그런 의미에서 건배하자고."

한광민 소장은 샴페인 잔을 들며 말했다.

"저흰 정말 해바라기처럼 대표님만 바라보고 있어요. 그러니 올해도 잘 이끌어 주세요."

정수진 디자인센터장도 잔을 들며 말했다.

"저도 잘 부탁드립니다."

팅!

잔을 마주친 후에 샴페인을 단숨에 비웠다.

직원들 모두가 각자 원하는 음식을 접시에 담아 맛있게 먹었다.

경영지원팀의 직원 중에서 내 일정을 관리하는 직원이 음식을 담아 내가 있는 테이블에 놓고 갔다.

아직은 개인 비서를 두지 않았지만 조만간 닉스를 비롯한 다른 회사의 전체 스케줄을 관리하는 개인 비서를 두어야 할 상황이었다.

"공장 매입은 어떻게 진행되고 있습니까?"

음식을 먹으면서도 새로운 공장에 관한 이야기를 한광민 소장과 나누었다.

현재 닉스의 생산 능력으로는 빠르게 늘어나는 미국 수출을 감당할 수 없었다.

선영이라는 회사가 공장을 인도네시아로 옮기려고 했지만 문제가 생겨 부산 공장을 팔려고 내놨다.

매물로 나온 공장의 가격은 53억이었지만 50억까지 이야기가 오갔다.

며칠 전 현지에 내려가 공장을 확인했고 공장의 위치나 공장 내 시설이 생각보다 나쁘지 않았다.

공장 부지도 2천 1백 평으로 넓었다.

"그렇지 않아도 말을 하려고 했는데, 갑자기 원래 가격이 아니면 팔지 않겠다고 하네."

"아니, 왜 마음이 바뀐 건가요?"

선영을 인수해야만 안정적으로 일본에도 신발을 공급할 수 있었다.

"글쎄, 정확한 것은 아니지만 나이키에서 선영을 인수하려고 한다는 말이 나오고 있던 찰나였거든."

"나이키는 OEM(주문자상표) 위주로 생산하지 직접 공장을 운영하지는 않을 텐데요."

"그렇게 말이야. 설마 우리가 공장을 인수하려는 걸 방해하는 것은 아니겠지?"

나이키는 국내에서 다시 1위 자리에 오르기 위해서 대대적인 공세를 준비하고 있었다.

이미 신상품 3개를 예전과 달리 가격을 10~20% 정도 내린 상태에서 시장에 출시했다.

매년 신제품을 내어놓으면서 가격을 조금씩 올렸던 것에 비하면 크게 달라진 모습이었다.

더구나 닉스의 미국 진출과 마이클 조던과의 계약이 이루어진 후부터 외국의 유명 신발 업체들의 노골적인 견제가 시작되었다.

"저는 그럴 수도 있다고 생각합니다. 나이키도 닉스에서 생산되는 신발 수량을 대충은 알고 있을 것입니다. 수출 때문에 공장이 필요한 것까지 말입니다. 공장 판매가 다급한 선영이 갑자기 달라진 것은 다른 쪽에서 제의가 들어왔다는 것으로 볼 수 있습니다."

국내에 있는 큰 신발회사들 대부분은 저임금을 찾아 외국으로 공장을 옮겼다.

그러한 상황에서 매물로 나온 선영을 인수하려는 국내 업체는 없었다.

그렇다고 나이키나 외국 신발 업체가 선영을 인수해서 이득을 볼 수 있는 상황도 아니었다.

이건 완전히 닉스의 행보를 방해하고 견제하기 위한 술책일 뿐이었다.

"음, 그럼 어떡하지?"

한광민 소장이 걱정스런 눈빛으로 물었다.

"매물로 나온 공장이 또 있습니까?"

"있긴 한데, 덩어리가 선영보다 커. 공장의 설비도 대부분 인도네시아로 이전해서 빈껍데기뿐이야."

닉스에게는 돈이 문제가 아니라 시간이 문제였다.

공장 설비를 다시 갖추려면 상당한 시간이 필요했다. 지금 닉스에게 최선은 설비까지 생산 설비를 완벽하게 갖추고 있는 선영이 필요했다.

"매물로 나온 공장 관계자를 만나보십시오."

"어! 거기는 공장 설비까지 새로 갖추려면 100억 이상이 필요해."

한광민 소장은 놀란 표정을 지으며 말했다.

"만나만 보십시오. 그리고 우리가 선영을 포기하고 새로운 공장을 인수한다는 소문을 흘리는 것입니다. 그러면 선영과 우리를 방해하는 곳에도 그 말이 들어갈 것이고 반응을 보일 것입니다. 우리가 인수하는 공장은 당연히 선영입니다."

"하하하! 무슨 말인지 알겠네. 역시 강 대표는 생각이 달
라."

한광민 소장은 만족스러운 웃음을 보이며 말했다.

Chapter 7

신발 생산 공장인 선영을 인수하기 위한 작업이 진행되었다.

내가 부탁한 대로 한광민 소장은 새롭게 매물로 나온 영신의 관계자를 만났다.

한광민 소장은 일부러 현지 부동산 관계자를 대동해 구체적인 계약 이야기가 오가는 자리에까지 동석시켰다.

또한 한광민 소장은 평소 알고 지내는 신발 관련 종사자들에게 영신을 인수할 거라는 이야기를 일부러 흘렸다.

그 효과는 하루가 지난 다음 날 바로 나타났다.

선영의 회사 관계자가 곧바로 한광민 소장에게 연락을 취해 온 것이다.

선영의 인수에 끼어든 나이키가 선영과의 계약을 차일피일 미루고 있었기 때문이다.

시간이 흐르자 선영 측도 나이키가 자신들의 공장을 인수하려는 것이 아니라는 것을 눈치챈 것이다.

나는 한광민 소장의 연락을 받고 부산으로 내려갔다.

이미 부산에서 발견한 금괴를 판매하여 선영의 인수 자금을 마련해 놓은 상태다.

부산을 향하기 전 한광민 소장에게 일부러 선영과의 약속을 한 번은 취소하라고 했다. 그리고 그날 영신의 회사 관계자를 만나 공장 인수 가격에 대해 구체적인 이야기를 나눠 달라고 부탁했다.

당연히 이런 움직임에 대한 이야기가 선영 관계자의 귀에 들어가게끔 하였다.

나이키는 닉스가 갑작스럽게 선영보다 덩치가 큰 영신을 인수하려고 하자 당황하는 모습을 보였다.

또한 금사공단 내에는 닉스가 대규모 투자를 단행한다는 소문이 돌았다.

여러모로 선영에 관심이 떠났다는 인상이 깊어지는 일련의 행동이었다.

그러자 선영은 애가 탔다. 관심을 보였던 나이키는 닉스가 영신에 관심을 보이자 아예 선영 인수전에서 발을 빼는 분위기였다.

나이키는 선영을 인수한다 해도 실익이 전혀 없었다.

선영의 관계자가 다급하게 닉스 공장을 방문하고 나서야 나와 약속을 잡을 수 있었다.

얼마 전에 알게 된 일이었지만 선영은 15억 상당의 자금을 급하게 갚아야 하는 상황이었다.

*   *   *

선영의 관계자를 닉스 제1공장에서 만났다.

"여기는 우리 닉스를 이끌어가는 강 대표님입니다."

한광민 소장은 나를 선영의 관계자에게 소개했다.

공장을 방문한 인물은 선영의 전무로 이름은 박태식이었다.

그는 선영 사장의 사촌 동생이었다.

"반갑습니다. 젊으시다는 이야기는 들었지만 이렇게 보니까 정말 젊으시네요."

선영의 박 전무는 날 보며 악수를 청했다.

"예, 본의 아니게 늘 듣게 되네요. 앉으시죠."

"저희가 생각을 잘못한 것 같습니다. 아직 영신과 계약을 하지 않으셨다면 저희가 제시했던 금액에서 5억을 더 할인해 드리겠습니다."

선영의 박 전무는 급했는지 자리에 앉자마자 인수 타진에 들어갔다.

"5억이라면 50억에서 말입니까?"

나는 박태식에게 확인하듯 되물었다.

나이키가 끼어들기 전에 53억의 인수 금액에서 3억을 할인하여 50억에 이야기가 오갔었다.

"예, 45억에 계약하겠습니다."

금테 안경을 쓰고 있는 박태식은 안경을 콧등 위로 올리며 내 말을 기다렸다.

닉스의 중요 결정은 내가 한다는 것을 한광민 소장에게서 이미 전해 들었다.

"미안한 이야기지만 좀 늦으신 것 같습니다. 영신 쪽에서 상당히 구미가 당기는 제안을 해왔습니다."

이 말은 사실이었다.

영신은 국내 공장을 판매하여 인도네시아에 설립한 공장을 좀 더 확대하려고 했다.

기존에 제시한 가격에서 10% 정도 더 가격을 깎아주겠다는 말을 전해왔다.

힘든 상황에 부닥친 국내 신발 업체 중 발 빠르게 외국으로 공장을 이전한 업체들도 있었지만 그렇지 못한 상황에서 신발 회사들의 부도와 사업 전환으로 매물로 나온 공장이 늘고 있었다.

이런 좋지 않은 상황에서 공장을 계속 붙잡고 있어봤자 원하는 가격을 받을 수 없었다.

더구나 지금 같은 불황에서 공장을 인수하려고 하는 업체를 찾기 힘들었다.

박태식은 내 말에 심각한 표정으로 바뀌었다. 충분히 5억 정도면 가능성이 있다고 판단한 것 같았다.

선영은 자신들이 원하는 가격인 53억을 받으려다가 나이키에게 이용당했다.

"아, 그렇습니까. 그러면 닉스에서는 어느 정도 선까지 생각하시는지요? 저희가 최대한 노력해 보겠습니다."

선영이 다급한 이유는 자칫 15억 원 때문에 공장이 헐값에 넘어갈 수도 있기 때문이었다.

이미 모든 패를 보여준 선영으로서는 그나마 괜찮은 가격으로 공장을 팔려면 나의 결정을 따를 수밖에 없었다.

선영을 인수하려는 업체가 없는 지금의 상황에서는 말이다.

"38억 정도면 고려해 볼 의향이 있습니다."

원래의 가격 53억 원에서 15억 원을 깎은 가격이다.

선영이 처음부터 닉스와 계약을 마무리 지었다면 50억에 공장을 팔 수 있었을 것이다. 하지만 작은 욕심이 큰 손해를 불러오고 말았다.

"7억 원을 더 할인하기에는 저희의 출혈이 너무 큽니다. 땅값만 해도 40억 원이 넘습니다."

박태식은 난감한 표정을 지었다. 그의 머릿속에서는 1~2억 원을 생각하고 있었다.

"저희가 영신에게서 제안받은 것에 맞춰서 말한 것입니다. 사실 저희는 급하게 공장을 사들일 상황도 아닙니다. 좀 더 시간을 갖고 더 좋은 조건의 공장을 기다리자는 내부 의견이 있어서요."

나의 말에 박태식은 무어라 답을 할 수 없는 모습이었다.

언론에서의 보도대로 점점 더 신발 업계의 전망은 나빠지기만 했다.

선영과 같은 공장 매물도 앞으로 계속 나올 것이다.

"제가 결정할 문제가 아닌 것 같습니다. 잠시 전화 좀 해도 되겠습니까?"

오늘 결정을 짓지 못하면 선영은 공장 매수자를 찾기 힘들었다.

"그렇게 하십시오."

박태식은 회의 테이블에 놓인 전화를 집어 들었다.

그는 5분 정도 선영의 사장과 통화를 하고는 수화기를 내려놓았다.

박태식은 우리가 말한 금액과 영신에게서 받은 제한을 설명했다.

"38억을 조금 더 생각해 주시면 안 되겠습니까?"

박태식은 나에게 사정하듯 말했다.

"어떡할까요?"

나는 옆에 있는 한광민 소장에게 물었다.

이미 사전에 한광민 소장과는 인수 금액에 대해 말을 맞춰 놓았다.

사실 하루라도 빨리 선영을 인수하여 신발 생산에 들어가야만 했다.

"제가 볼 때는 같은 조건이라면 선영을 인수하는 것이 좋을 것 같습니다. 39억까지는 괜찮을 것 같습니다."

한광민 소장의 말에 박태식의 표정이 조금은 밝아진 모습이었다. 그는 전화상에서 이미 38억에 계약하라는 허락을 받았다.

"39억이면 어떠세요?"

"좋습니다. 39억에 매매하겠습니다."

박태식은 나의 말에 흔쾌히 선영을 팔겠다는 말을 했다.

나이키가 끼어든 것이 오히려 선영을 아주 좋은 가격에 인수하게 만들어주었다.

선영의 인수는 일사천리로 이루어졌다.

이미 인수 금액이 마련된 상황에서 하루라도 늦추는 것은 닉스의 손해였다.

예상했던 인수 금액보다 14억을 절약할 수 있었고 남은 돈으로 인수한 선영에 최신 생산 설비를 갖추었다.

닉스에 제3공장이 새롭게 추가된 것이다.

신규 직원들을 뽑는 구인광고가 뜸해진 금사공단에 닉스의 구인광고가 나자 정말 많은 사람이 지원했다.

인원의 절반은 선영에서 근무했던 직원들 위주로 새롭게 생산직 직원을 뽑았다.

이미 금사공단뿐만 아니라 부산에서는 닉스가 입사하고 싶은 회사로 손꼽히고 있었다.

직원들의 복지와 급여 부분에서도 닉스는 동종업계에서 최고였기 때문이다.

닉스의 일을 마무리 지을 무렵 모스크바에서 연락이 왔다.

블리노브치가 퇴원했다는 소식과 함께 미루어졌던 금괴 판매도 이루어졌다.

3천 5백만 달러 상당의 금괴가 세레브로 제련공장을 떠나 구매자에게 넘겨졌다.

그리고 돈은 내가 인수한 모스크바 소빈뱅크(Sobin Bank)에 들어왔다.

소빈뱅크의 인수 절차는 모두 끝났지만 룩오일(Lukoil)의 절차는 계속 진행 중이었다.

룩오일이 가지고 있는 자산이 생각보다 많았다.

유정과 유전탐사권은 물론 룩오일에서 가지고 있는 광산들도 적지 않았다.

아직 개발되지 않은 광산들이었지만 알루미늄과 구리광산에 묻혀 있는 추정 매장량이 상당했다.

하루라도 빨리 인수절차를 끝내기 위해서 미국에 있는 루이스 정이 새로 합류한 회계사와 함께 모스크바로 들어갔다.

대통령 비서실장인 세르게이가 손을 쓰고는 있었지만 룩오일을 외국인인 내게 넘기는 것을 탐탁지 않게 여기는 인물들의 방해가 펼쳐지고 있었다.

몇몇 러시아의 국회의원도 러시아의 국부를 넘긴다는 이유로 제동을 걸려는 움직임도 감지되었다.

한국의 언론은 내가 러시아에서 벌이고 있는 사업들을 알지 못하는 것 같았다.

오히려 일본의 언론에서 러시아에서 활발하게 사업을 펼치고 있는 나에 대해 취재 요청이 도시락으로 들어왔다.

일본의 대기업인 미쓰비시그룹 산하 미쓰비시상사가 룩오일 인수에 참여했다가 명함도 내밀지 못하고 물러나는 일이 있었기 때문이다.

미쓰비시상사는 미쓰이물산, 마루베니, 이토츄상사, 스미토모상사와 함께 일본 5대 종합상사의 하나이자 일본의 대표적인 재벌 기업이다.

이들 종합상사의 한 해 매출액은 60~100조에 이르는 거대 회사들이었다.

더구나 이들 상사에 근무하는 직원 중 80~90% 이상이 도쿄대, 교토대, 게이오대, 와세다대 등의 일본 명문대와 외국 명문대 출신이었다.

다른 대학 출신들은 서류전형에서 필터링된다는 말이 기정사실로 떠돌고 있었다. 그만큼 웬만한 실력으로는 명함을 내밀 수 없는 곳이었다.

일본의 종합상사들은 이미 1960년대부터 해외 자원개발과 에너지 사업에 투자를 진행해 오고 있었고, 세계 각지에서 상당한 이익을 얻고 있었다.

우리나라의 종합상사들은 90년대 중반부터 자원개발과 에너지 사업에 뛰어들었다.

일본의 5대 상사 중 가장 큰 매출을 올리고 있는 미쓰비시상사가 일본 최대 석유 회사인 JX홀딩스와 함께 정부 지원을 등에 업고 룩오일에 욕심을 냈었다.

둘 다 미쓰비시그룹 산하의 기업들이었다.

룩오일과 연관된 러시아 정부의 관계자들에게 뇌물을 건네면서 힘을 썼지만, 러시아를 좌지우지하는 대통령 비서실장인 세르게이와 옐친의 지지를 얻고 있는 나를 넘어설 수는 없었다.

룩오일 인수에 실패한 미쓰비시상사는 다방면으로 나를 조사했고, 내가 도시락을 이끌고 있다는 것을 알아낸 후 연관된 아사히신문사에 넌지시 나에 대한 정보를 흘린 것이다.

신문사를 통해서 나에 대한 정보와 이력을 자세히 알고 싶어 하는 미쓰비시상사의 술책이기도 했다.

나는 아사히신문사의 인터뷰 요청을 거절했다. 그러자 나에 대한 기사를 조율 없이 일방적으로 신문에 올리겠다는 말을 전해왔다.

일본인도 아닌 외국인에 대한 관심을 가진다는 것이 이상했지만, 그 이면에는 일본 기업과 이해가 상충(相衝)하는 나를 사전에 대비하려는 뜻도 있었다.

그들은 룩오일의 인수자가 대기업도 아닌, 일본에 잘 알려지지도 않은 도시락이라는 중소기업인 것이 충격으로 다가온 것이다.

그 도시락을 이끌고 있는 나에 대한 궁금증이 아사히신문사를 움직이게 했다.

소빈뱅크와 달리 룩오일은 개인 자격이 아닌 도시락을 전면에 내세웠다.

이러한 이유에는 세금 문제와 인수 절차에 더 유리하다는 루이스 정의 의견을 받아들인 결과였다.

러시아에서 추진 중인 도시락 현지 공장과 관련된 상황도 아사히신문에서 관심을 보였다.

아사히신문은 새롭게 떠오르고 있는 젊은 최고경영자(CEO)들에 대한 기사를 특집으로 내보내고 있었다.

*   *   *

모스크바 근교에 짓기로 한 도시락 공장의 설계도면이 완성되었다는 이야기에 도시락으로 출근했다.

한데 사무실로 들어가는 입구에 낯선 인물들이 눈에 띄었다.

카메라를 들고 있는 모습으로 보아 아사히신문에서 나온 것 같다는 느낌이 들었다.

하지만 그들은 사무실로 들어가는 날 알아보지 못했다. 도시락에 근무하는 일반 사원으로 보았을 뿐이다.

나에 대한 신상을 자세히 모르는 것 같았다.

사무실로 들어가자 경영지원팀의 이상수 차장이 나에게 말을 붙였다.

"대표님, 30분 전부터 아사히신문 기자가 와 있습니다."

"인터뷰를 하지 않는다고 전하지 않았나요?"

정중히 인터뷰 거절 의사를 아사히신문사에 보냈었다.

"예, 통지를 했는데도 연락도 없이 갑자기 찾아왔습니다. 어떻게 할까요?"

"저를 잘 모르는 것 같으니까 오늘 출근하지 않는다고 말하십시오. 인터뷰하고 싶은 생각은 없습니다. 그리고 조상규 과장 좀 제 방으로 오라고 하십시오."

"예, 알겠습니다."

이상수 차장과 말을 끝내고는 나는 내 사무실로 들어갔다. 아사히신문과 인터뷰를 하지 않는 이유는 간단했다.

아사히신문에 내 기사가 실리면 바로 한국 언론에도 나에 대한 기사가 나갈 것이 분명했기 때문이다.

국내 신문사에도 닉스를 비롯하여 블루오션의 대표인 나를 취재하고 싶다는 요청이 들어왔었다.

모두 해외 출장을 핑계로 내가 아닌 직원들이 대신 취재에 응했다.

아직은 얼굴을 내보일 때가 아니다.

대학을 졸업하고 시간이 어느 정도 지나야 가능한 일이었다.

잠시 후 노크 소리와 함께 해외영업부의 조상규 과장이 들어왔다.

"찾으셨습니까?"

"이번 달에 러시아로 보내는 도시락라면의 수량은 얼마나 됩니까?"

"25만 상자입니다."

한 상자에 도시락라면이 24개 들어가니 금액으로 환산하면 24억이었다.

"현재 재고 물량은 얼마나 되죠?"

"5만 상자 정도 부산 물류 창고에 보관 중입니다."

"보관 중인 5만 상자도 다 보내도록 하세요."

러시아의 식량 사정은 올해 들어 더 나빠져만 갔다.

식량 사정뿐만 아니라 전반적인 물가가 계속 상승하고 있었다.

제대로 움직이지 않는 러시아 경제를 치료하기 위해 처방한 자유시장경제가 러시아 서민들의 삶을 더욱 고달프게 만들어갔다.

그러나 지금의 과도기를 이용하여 돈을 버는 인물도 점차 늘어나고 있었다.

"공장 설계도는 모스크바로 보냈습니까?"

"예, 이번 주 내로 받아볼 수 있을 것입니다."

"일본에서 들여올 생산 장비는 누가 담당하고 있죠?"

모스크바 공장에 들어오는 생산 설비의 절반은 일본에서 들여올 수밖에 없었다.

일본은 아직까지 우리나라보다 라면 생산 기술과 장비에 있어 앞서 있었다.

"예, 경영지원팀의 최영식 대리가 담당하고 있습니다."

나는 조상규 과장의 말에 나는 인터폰을 들어 최영식 대리를 호출했다.

총 5백억 이상의 들어가는 대규모 공사였기에 챙길 것이 많았다.

15만 제곱미터(45,375평)의 대지 위해 첨단 라면 제조 설비 다섯 개 라인을 갖추게 된다.

공장이 완공되면 그곳에서 도시락 라면이 매달 100만 상자가 생산될 예정이다.

현재 매운맛뿐인 도시락라면의 종류도 러시아인이 좋아할 만한 맛으로 2종류가 개발된 상태다.

공장 내에는 지속적인 제품 개발을 위하여 현지 연구 인력이 포함된 식품연구소를 건설하여 러시아 소비자의 입맛에 더욱 맞는 신제품을 개발할 예정이다.

또한 라면 공장 옆으로는 마요네즈와 케첩 공장이 함께 건설될 것이다.

30분 정도 더 날 기다리던 아사히신문은 결국 경영지원팀에서 건네준 홍보물과 도시락 본사의 사진만을 찍고 돌아갔다.

하지만 언제 다시 오늘처럼 불쑥 회사로 찾아올 수도 있었다.

내가 최대한 언론에 내 모습을 노출하지 않는 이유는 아직 우리나라 풍토상 나이가 어린 사람이 회사를 이끌어가는 것을 탐탁지 않게 여기기 때문이다.

아니, 내가 가지고 있는 경영 능력을 절대로 있는 그대로 받아들일 수 없을 것이다.

더구나 스무 살의 나이로 한 해 매출이 수백억에 달하는 회사들을 거느리고 있다는 것 또한 이해할 수 없는 일이다.

초창기의 닉스와 도시락은 물론 명성전자의 직원들도 날 믿지 않았고 지시도 따르지 않았었다.

하지만 지금은 각 회사의 직원들 모두가 날 진심으로 따랐다.

도시락에서의 업무는 오후가 되어서야 끝이 났다.

결제할 것들과 앞으로 진행해야 할 상황을 체크하는 것만으로도 시간이 그만큼 흘러간 것이다.

내일은 모스크바 현지 공사와 관련되어 건축 회사와 미팅이 있다.

올해는 쉴 새 없이 앞만 보고 달려야 하는 한 해가 될 것 같았다.

＊　　＊　　＊

명동 거리를 벗어나 용산에 위치한 비전전자를 방문하려고 할 때 삐삐가 울렸다.

낯선 번호였다.

근처 공중전화에서 삐삐에 찍힌 번호로 전화를 걸었다.

아직은 삐삐를 가지고 다니는 사람이 적어서인지 공중전화부스에는 기다리는 사람이 적었다.

─서우실업입니다.

전화기 너머로 젊은 여자의 목소리가 들렸다. 서우실업은 처음 들어보는 회사였다.

"여보세요? 7785로 삐삐 치신 분 좀 부탁합니다."

─잠시만 기다려 주십시오.

전화가 다른 쪽으로 넘어가는 소리 이후 굵은 남자 목소리가 들렸다.

　―안녕하셨습니까? 삼정실업의 박영철 차장입니다. 시간이 되시면 지금 뵙고 드릴 말씀이 있습니다."

　안기부에 소속된 박영철이었다.

　"아, 오랜만입니다. 서우실업으로 바꾸셨습니까?"

　―하하! 네, 그렇게 됐습니다. 어디십니까? 제가 그쪽으로 가겠습니다.

　박영철은 일방적으로 말을 이어갔다.

　웃음을 보였지만 이전과 같지 않게 무척이나 위축된 목소리 톤이었다.

　"명동에 있습니다. 한데 제가 시간이 그리 많지가 않습니다."

　―시간이 오래 걸릴 일은 아닙니다.

　"알겠습니다. 그럼 롯데호텔 커피숍에 있겠습니다."

　―감사합니다. 바로 가겠습니다.

　박영철과 전화를 끊고는 롯데호텔로 발걸음을 옮겼다.

　롯데호텔 커피숍에서 기다린 지 10분 정도 되었을 때에 바쁜 걸음으로 박영철이 모습을 드러냈다.

　"시간을 내주셔서 정말 고맙습니다."

　수화기 너머로 들려왔던 위축된 목소리처럼 수척한 모습

이었다.

"아닙니다. 한데 무슨 일이 있습니까? 어디 좀 불편해 보이시네요."

"말도 마십시오. 요새 죽지 못해 삽니다. 모스크바에서 사건 하나가 터졌는데, 아주 죽을 썼습니다."

순간 박영철의 말에 박상미의 일이 떠올랐다.

자세한 사항은 모르지만 그녀로 인해 생긴 일이 아닐까 하는 생각이 들었다.

"그런 일이 있었습니까?"

박영철은 박상미의 일을 내가 진행했다는 것을 모르고 있었다.

"제가 그 문제 때문에 뵙자고 했습니다. 다름이 아니라 좀 전에 말한 것처럼 모스크바에서 벌어진 일로 인해서 저희 쪽 인원이 대거 러시아에서 쫓겨나는 일이 있었습니다. 그러다 보니 문제가 하나둘이 아닙니다. 러시아 대사의 현지 경호 문제도 그렇고 북한에 대한 정보 수집에도 큰 애로가 있습니다. 그래서 강 대표님께 부탁 좀 드리고자 이렇게 뵙자고 한 것입니다."

말은 마친 박영철은 목이 탔는지 종업원이 갖다 준 물을 단숨에 들이켰다.

"무슨 일인지 구체적으로 제가 알 수 있겠습니까? 저도 모스크바에서 사업하는 사람으로 좋지 않은 일이 있다면 피해 가려고요."

현재 국가안전기획부의 사정을 좀 더 구체적으로 알 필요성이 있었다.

내가 알고 있기에는 메트로폴 호텔에서 2명의 안기부 요원이 사망하고 한 명 중상을 입었다.

또한 블라디보스토크 기차역에서도 2명의 안기부 요원이 총상을 입었다.

"제가 부탁해야 하는 일도 있으니 강 대표님을 믿고 말을 하겠습니다. 어디 가서 제가 한 이야기를 말씀하시면 안 됩니다."

"물론입니다."

확인하듯 내 대답을 듣고는 박영철이 조심스럽게 입을 열었다.

"지금 현 정부가 들어선 이래로 북한과의 관계가 최악입니다. 북한이 정부가 생각했던 것보다 너무 큰 모험을 진행했습니다. 북한이 핵을 보유하려고 모스크바에서 작전을 벌였습니다. 당연히 저희가 나서서 북한의 작전에 제동을 걸었습니다. 한데 아주 중요한 키를 갖고 있는 인물을 저희는 물론 북쪽도 놓치고 말았습니다. 중요한 물건을 운반하는 인물이었는데……. 그 일로 아직 북한이 그 일에 성공했는지 실패했는지는 분석 중에 있습니다만, 지금까지의 알아낸 바로는 실패한 것으로 판단하고 있습니다. 그런데 이 일로 러시아와도 관계가 껄끄럽게 되었습니다. 현재 여러모로 러시아 정부와 접촉을 벌이고 있는데, 쉽지가 않습니다. 저희를, 아니, 절 한 번만 도와주십시오."

모스크바와 블라디보스토크의 작전 실패로 모스크바에 파견되었던 박영철의 동기는 이미 옷을 벗었다.

박영철이 직접적인 작전에 참여하지 않았지만, 그의 회사에 소속된 인물이 블라디보스토크역에서 북한 작전부 요원들과의 총격전으로 부상을 당했다.

문제는 그 일이 러시아 정보당국의 눈에 띄지 말아야 했지만 두 사람 다 부상으로 인해 러시아 현지 경찰에 체포되었단 것이다.

모스크바 메트로폴 호텔과 블라디보스토크역에서 연속적으로 일어난 사건은 한국 정부에 불리하게 적용되었다.

물론 북한도 이 때문에 큰 타격을 입었다.

내가 생각했던 것보다도 안기부가 받은 손실이 컸다.

러시아에서의 첩보 활동에 있어 팔다리가 끊어졌다고 볼 수 있었다.

한편으로는 국가안전기획부에 협조한 대산그룹도 큰 손실을 보았다고 한다.

"음, 그런 일이 있었군요. 한데 저는 전에도 말씀드린 것처럼 장사꾼일 뿐입니다. 박 차장님이 생각한 것만큼 러시아 관계자들과도 친분이 그리 없습니다."

나는 그의 말에 놀라는 척하며 이전처럼 한발 뒤로 물러서는 말을 했다.

"제가 지금 옷을 벗을 상황입니다. 정말 지푸라기라도 잡는 심정으로 뵙자고 한 것입니다. 저를 한 번만 도와주시면 이 은혜를 절대 잊지 않겠습니다. 회사(안기부)를 떠나 제 개인적으로 드리는 부탁입니다."

사정하듯 말하는 박영철의 말은 거짓처럼 보이지 않았다.

그의 말에 잠시 뜸을 들였다.

"제가 나선다고 해도 된다는 보장이 없습니다. 후우! 어떻게 도와드리면 되겠습니까?"

박영철과의 인연이 어떤 식으로 이어질지는 모르지만, 그의 힘을 필요할 때가 있을 거라는 생각이 들었다.

앞으로 흑천과의 싸움에 있어 국내에서 큰 영향력을 발휘하는 국가안전기획부에서 어느 정도 위치에 있는 박영철은 분명 도움이 될 수 있었다.

"예, 알고 있습니다. 여러 루트로 방법을 모색했지만 모두 실패했습니다. 도와주시겠다는 것만으로도 감사할 뿐입니다. 다른 게 아니라 지금 러시아병원에 있는 저희 직원을 국내로 데려오는 일입니다. 제 밑에 있는 친구가 국내로 들어오지 못하면 말씀드린 대로 제가 큰 낭패를 보는 입장입니다."

2명의 인물 중 총상이 심했던 인물은 치료를 위해 한국으로 이송되었지만, 그보다 부상이 심하지 않은 다른 한 명은 조사를 하기 위해 러시아 정보당국에서 붙잡고 있었다.

"지금 그분은 어디에 있습니까?"

"현재는 블라디보스토크의 알테르나티바 병원에서 치료를 받고 있습니다. 다음 주에 모스크바로 이송한다고 합니다. 그렇게 되면 더 빠져나오기가 힘들 것 같습니다."

박영철의 말은 맞는 말이었다.

러시아 중앙정부의 힘이 크게 미치고 보는 눈이 많은 모스크바에서는 나로서도 힘을 쓰기 힘들다.

오히려 지방정부의 영향력 아래에 있는 지금이 기회였다.

더구나 블라디보스토크는 마피아의 두목인 블리노브치의 영향력이 상당히 힘을 발휘하는 지역이었다.

내가 볼 때에는 뇌물과 함께 힘 있는 인물의 영향력이 필요했다.

"그럼 제가 도움을 요청해 보겠습니다. 하지만 된다는 보장은 전혀 없습니다. 그리고 현지에서 어느 정도의 돈이 필요할 수도 있습니다."

"물론입니다. 돈은 걱정하지 않으셔도 됩니다."

박영철은 내 말뜻을 바로 알아들었다.

"알겠습니다. 그럼 제가 한번 알아보겠습니다."

"정말 감사합니다. 이 일은 절대 잊지 않겠습니다."

박영철은 그의 부하가 한국으로 무사히 돌아올 것을 확신하듯이 말했다.

"그럼 저는 일이 있어서 이만 일어나 보겠습니다."

"예, 시간을 내주셔서 고맙습니다. 아, 그리고 혹시 모스크바의 코사크 경비업체를 아십니까?"

일어나려는 나를 향해 박영철은 코사크의 이야기를 꺼냈다.

'어떻게 코사크를 알지?'

박영철의 물음에 떠오른 생각이었다.

도시락 경비대에서 확대된 코사크는 생긴 지 한 달밖에 되지 않았다.

박영철의 눈에 띌 만한 상황이 아니었다. 그런데 그의 입에서 코사크의 이름이 나온 것이다.

"알고 있습니다."

다행히 박영철은 코사크를 책임지고 있는 인물이 나라는 것을 모르는 것 같았다.

"실력이 뛰어나다고 들었습니다. 정상적으로 러시아에 저희 쪽 요원들이 배치될 때까지만 러시아 대사 가족들의 신변경호를 맡겨야 할 것 같아서요. 요새 러시아 마피아들의 위세가 장난이 아니지 않습니까? 코사크는 러시아 마피아도 건드리지 않는다는 소문을 들었습니다."

모스크바에서 상당한 위세를 떨친 체첸 마피아 샬리와의 일전 이후 러시아 마피아들은 코사크를 선불리 건드리지 못했다. 아니, 피한다는 말이 맞았다.

더구나 코사크의 뒤에는 거물급 정치인이 뒤를 봐준다는 소문까지 돌고 있었다.

외국 기업이나 국내 기업들도 러시아에서 사업을 하기 위해서는 현지 경비업체나 마피아를 고용하지 않고서는 안 되었다.

러시아의 치안 당국을 믿고 있다가는 사업을 제대로 해보기도 전에 쫄딱 망하거나 자칫하면 목숨을 잃을 수도 있었다.

나 또한 러시아에서는 혼자서 움직이는 걸 자제했다.

러시아는 총기 규제를 하고 있지만 모스크바에 풀린 개인화기가 수십만 정이다.

어디서 눈먼 총알이 날아와 목숨을 잃을 수 있는 곳이었다.

신세계백화점의 후계자 중의 하나인 장용성 또한 모스크바에서 경호원을 고용하여 움직였지만, 식당에서 마피아의 총에 맞아 죽을 뻔했었다.

러시아 마피아는 일반인보다는 돈이 되는 기업인과 금융인들을 노리고 움직였다.

"사실 저희도 현지 도시락 모스크바 지사의 경비를 코사크에게 맡기고 있습니다."

"그렇습니까?"

박영철은 내 말에 반색하며 물었다.

"코사크에게 경비를 맡기고 나서부터는 러시아 마피아들의 위협에서 벗어났습니다. 저희에게도 마피아가 찾아와 보호세를 내라는 말을 했었으니까요."

박영철에게 사실을 말할 수 없어 꾸며낸 이야기다.

코사크는 모스크바에서 어떤 경비업체보다도 빠르게 자리를 잡아가고 있었다.

이미 일본과 프랑스 기업에서도 코사크에게 경비를 요청하는 의뢰가 들어온 상태다.

"음, 그러면 저희도 고려해 봐야겠습니다. 말씀 고맙습니다."

박영철과 헤어진 후에 나는 원래의 계획대로 비전전자로
향했다.

 오늘은 비전전자의 직원들 모두와 회식을 하기로 한 날
이었다.

Chapter 8

사업의 시발점이 된 비전전자는 용산전자상가의 신화를 써 나가고 있었다.

신구와 강호, 두 친구와 함께 시작한 비전전자는 25명의 직원이 근무하는 회사로 성장했다.

더구나 전자 부품을 판매하는 비전전자부품으로까지 확대된 비전전자는 명실공히 용산전자상가에서 가장 큰 매출과 이익을 얻고 있었다.

퇴근 시간이 다 되어가는 시간에도 비전전자의 종합판매장은 사람들로 북적였다.

사무실에 들어서자 저마다 바쁘게 일하는 직원들이 인사를 건네 왔다.

신구와 강호 또한 정신없이 일하는 모습이 보였다. 다들 열정적으로 열심히 일했다.

용산전자상가에서 일하는 대다수의 사람이 제대로 된 월급과 대접을 받지 못한 채 생활하고 있었다.

저임금에다 앞날에 대한 비전이 보이지는 않는 일이 대부분이었다.

그러다 보니 이직률도 다른 곳보다 높았지만 일할 사람들은 부족하지 않았다.

실업계 고등학교나 인문계 고등학교를 졸업한 친구들이 용산전자상가에서 첫 직장을 시작하는 경우가 많았기 때문이었다.

하지만 비전전자는 달랐다.

지금까지 비전전자에 근무했던 직원 중에서 자발적으로 회사를 퇴사한 사람은 단 한 명뿐이었다.

그 또한 개인적인 사정으로 지방으로 이사할 수밖에 상황에 부딪쳤기 때문이다.

비전전자가 용산전자상가에 위치한 회사나 매장과 다른 점은 급여였다. 또한 직원들에 대한 복지와 교육이 남달랐다.

급여 수준은 용산전자상가 내에서 최고였다.

같은 일을 하더라도 남들과 비교해서 급여가 더 많이 받으면 일단 신이 난다.

누군가 날 알아주고 그만한 대접을 받으면 일이 힘들고 어렵더라도 이겨낼 수 있다.

비전전자는 올해부터 토요일에는 2시간을 앞당겨 5시에 퇴근을 시켰다. 다른 매장들은 토요일에도 저녁 7시까지 근무를 했다.

가장 많은 매출이 발생하는 날이 토요일이었기 때문에 일반 직장처럼 오후 1~2시에 퇴근할 수 없었다.

대신 다른 곳에서 전혀 시행하지 않는 추가 수당을 지급했다. 이러한 결정을 직원들은 환영했고 열심히 일을 해주었다.

또한 한 달에 한 번 외부에서 강사를 초빙하여 직원들에게 인생을 설계해 나갈 수 있는 정보와 지식을 알려주었다.

비전전자의 직원들 중 상당수가 대학을 나온 직원보다는 고등학교만 나온 직원이 많았기 때문이었다.

올해부터는 대학에 진학을 원하는 직원들에 한하여 1시간 일찍 퇴근할 수 있게 조치했다.

물론 학원 수강증을 제출해야만 가능한 일이었다. 더욱이 대학에 합격하는 직원은 한 학기 등록금을 장학금 형식으로 회사에서 지급했다.

회사가 더욱 커지고 발전하면 더욱 많은 지원을 할 예정이다.

이러한 회사의 지원들은 용산전자상가에서는 꿈도 꿀 수 없는 일이었다.

그 때문인지 용산전자상가에 일하는 많은 사람이 비전전자에 들어오고 싶어 했다.

7시 퇴근인 비전전자의 퇴근을 30분 앞당겨 모든 매장의 일을 끝마치게 했다.

회식장소는 용산역에 위치한 고깃집이었다.

25여 명의 인원이 한꺼번에 들어갈 장소를 찾기가 쉽지 않았다.

식사를 하기 전에 직원들이 뽑은 이달의 직원에게 격려금을 전달해 주었다. 또한 매장에 근무하는 직원들은 고객들에 통해서 뽑게 했다.

한 달에 한 번 하는 행사였다.

직원들이 뽑은 직원 2명과 고객이 뽑은 직원 1명을 선발했다.

직원들이 뽑은 직원에게는 20만 원을, 고객이 선택해 준 직원에게는 30만 원을 격려금으로 지급했다.

이러한 제도를 운용하자 직원들은 이전보다도 책임감 있는 모습으로 친절하게 고객을 맞이했다.

직원들이 뽑는 투표는 한 달에 두 번 무기명으로 투표했고 가장 많은 표를 받은 직원 중에서 선발했다.

친절사원으로 뽑힌 직원은 진급에서도 다른 직원보다 유리했다.

"자! 오늘은 기다리시던 친절사원을 뽑는 날입니다. 더욱이 그동안 외국 출장으로 참석하지 못하셨던 대표님도 참석하셨습니다."

사회를 맡은 인물은 명성전자에서 비전전자로 자리를 옮긴 정대철 대리였다.

정대철의 말에 직원들이 휘파람과 함께 환호성을 질렀다.

나는 자리에서 일어나 직원들에게 고개를 숙여 인사를 건넸다.

"여기 봉투에는 3명의 이름이 적혀 있습니다. 발표는 대표님께서 해주시겠습니다."

정대철의 말에 나는 봉투에 담긴 종이를 꺼내 들었다. 나도 누가 친절사원으로 뽑혔는지 모른다.

꺼낸 종이에는 여자 직원 하나와 남자 직원 둘의 이름이 적혀 있었다.

그중 내가 알고 있는 직원의 이름이 적혀 있었다. 비전전자의 창업 멤버이자 친구인 이신구였다.

"그럼 발표하겠습니다. 직원들이 뽑은 친절사원은 이신구 대리와 정소진 사원입니다. 그리고 고객들이 뽑은 친절사원은 박상진 사원입니다."

내 말에 이신구는 깜짝 놀라는 눈치였다. 나 또한 전혀 예상치 못한 일이었다.

세 명의 사원에게 격려금을 지급하고서 다시금 직원들 앞에 섰다.

"다른 말은 하지 않겠습니다, 여러분이 처음 입사해서 가졌던 초심을 잃지 말고 일하십시오. 그러면 회사는 반드시 여러분께 보답할 것입니다. 오늘은 모든 걸 잊고 마음껏 드십시오. 열심히 일해 주셔서 고맙습니다."

말을 끝내고 정중하게 비전전자의 직원들에게 90도로 고개를 숙여 인사를 했다.

짝짝짝!

"잘 먹겠습니다!"

"대표님, 사랑합니다!"

박수 소리와 함께 직원들의 밝은 목소리가 들려왔다.

나는 신구와 강호가 있는 자리에 합석했다.

돼지갈비로 유명한 식당이라 다들 돼지갈비를 시켜서 구

웠다.

"축하한다."

나는 신구에게 맥주를 따라주며 말했다.

"고맙다."

비전전자 안에서는 신구와 강호는 나에게 존댓말을 했지만, 회식 자리나 사적인 자리에서는 그러지 않았다.

요즘 들어 신구는 새롭게 입사한 친구들을 잘 챙기고 있었다. 더욱이 이번엔 용선 공업고등학교 전자과 후배들 2명이 입사했다.

아직 용선 공업고등학교에는 내가 대표라는 사실을 알리지 않았고 후배들에게도 주변에 알리지 말아 달라고 특별히 부탁했다.

"난 몇 표나 받은 거냐?"

강호가 궁금한 듯 물었다.

"그건 나도 모르지. 평소에 직원들에게 잘해주라고, 그래야 신구처럼 격려금도 받고 진급에서도 유리할 테니까."

"뭐냐, 그럼 신구가 나보다 먼저 과장이 된다는 말이야?"

강호가 내 말에 반문하며 물었다.

"신구가 오늘처럼만 한다면 아마도 그러겠지."

불판에 올려진 돼지갈비를 뒤집으며 말했다.

"요새 신구 놈이 싱글벙글 웃으면서 회사 생활을 한 이유 때문에 친절사원으로 뽑힌 것 같은데. 이놈이 그러는 게 다 저기 혜정 씨 때문이라고."

강호의 말에 직원들 사이에 있는 윤혜정을 보았다.

우리와 동갑인 윤혜정은 귀여운 스타일에 웃음이 많은 아가씨였다.

이미 신입직원들과 인사를 나눴을 때에 보았다.

어쩌면 강호 말처럼 자신이 좋아하는 여자와 함께 직장생활을 하는 것이 즐겁고 행복해서 신구가 웃음이 많아졌을 수도 있었다.

말수가 적고 조금은 무뚝뚝한 스타일의 신구가 회사에서 자주 웃는 모습을 보이자, 직원들도 달라진 신구의 모습에 투표했을 것이다.

"그럼 너도 웃고 다녀. 웃는 사람에게는 침도 뱉지 않는다는 말처럼 자주 웃으면 주변이 환해지잖아."

"그게 실없는 거지. 바보처럼 헤벌레 하고 다니는 게 좋아 보이냐."

강호는 바보스럽게 얼굴 표정을 지으며 신구의 흉내를 내며 말했다.

평소 같으면 크게 반응할 신구였지만 묵묵히 고기를 굽고 있었다.

"신구가 많이 달라졌는데."

"야, 그게 다 혜정 씨가 있어서 그래. 우리밖에 없었어 봐라, 바로 굽고 있는 돼지갈비가 날아왔을 거다."

강호의 말에 신구는 일절 반응을 보이지 않았다.

"그만 놀려라, 친구가 직원들에게 인정을 받았는데."

나는 강호가 무엇을 말하는지 알았지만, 지금은 신구 편을 들어줘야 할 때였다.

"알았습니다. 자, 한 잔 받으십시오, 대표님. 저도 잘 부탁합니다."

강호는 앞에 놓인 소주병을 들었다.

"하여간에 열심히들 해라. 그러면 올 연말에 좋은 소식이 있을 거니까."

내 말에 두 사람의 눈이 날을 향했다.

"그게 무슨 말이냐? 좀 정확하게 말해봐."

열심히 고기를 굽기만 하던 신구가 물었다.

"지금 이야기하면 재미없다."

"뭐냐? 이런 말을 듣고서 올 연말까지 기다려야 하는 거야?"

강호가 볼멘소리를 하며 물었다.

"기다리기만 하는 것이 아니라 열심히 일하라고 했잖아. 너희 두 사람은 비전전자의 공동창업자이자, 지분을 가지고 있다는 것을 잊지 말고 책임감 있게 일하라고. 그래야

다른 직원들이 내가 너희만 특별하게 생각한다는 말이 나오지 않으니까 말이야."

사실 두 사람은 이른 시간 내에 대리 직급을 달았다.

현재 비전전자에서 과장 직급을 달고 있는 사람은 김송미 과장과 비전전자부품을 맡고 있는 최영석 과장뿐이었다.

최영석 과장은 도시락에서 근무했던 인물이다.

김송미는 현재 전 명성전자의 사장이자 아버지인 김충수의 병간호 때문에 일주일 한두 번 출근했다.

김충수 사장은 아직까지 몸을 회복하지 못한 상태였다.

현재 비전전자는 대리 직급의 팀장들이 각 팀을 이끌고 있었고 결재 상황과 중요한 업무 진행은 내가 결정했다.

문제는 다른 회사의 일로 외국 출장이 많아져 그때그때 결재를 하지 못할 때가 생긴다는 것이다.

내가 자리를 비웠을 때 책임질 인물이 필요했지만 아직 눈에 들어오는 사람이 없었다.

강호와 신구는 아직 그럴 그릇과 입장이 못 되었다.

일을 똑 부러지게 하는 김송미 과장이 적격이었지만 그녀는 그만한 시간을 낼 수 없었다.

비전전자가 앞으로 계속해서 성장하기 위해서는 중간간부직들이 제대로 일을 해주어야만 했다.

현재 명성전자에게 만들어지는 제품들의 부품을 비전전자부품에서 공급하고 있었다.

각 회사의 매출이 커질수록 서로 유기적으로 묶여 있는 회사들의 이익도 덩달아 커졌다.

블루오션과 명성전자, 그리고 비전전자는 함께 커 나갈 수 있는 토대가 마련된 것이다.

새롭게 공장 매입을 추진하는 명성전자의 제2공장이 만들어지면 비전전자의 매출은 더욱 커질 것이다.

이젠 한국에 있는 회사들은 걱정할 것이 없었다.

올해는 러시아와 미국에 설립된 회사들에 힘을 쏟을 때였다.

* * *

겨울방학이 끝나기 전에 룩오일(Lukoil)의 일을 마무리를 짓기 위해 모스크바로 향했다.

또한 안기부의 박영철 차장이 부탁한 일도 처리해야만 했다.

모스크바로 향하는 비행기에는 여유롭게 한국에서 휴가를 즐긴 김만철과 티토브 정이 함께했다.

룩오일의 문제는 생각대로 잘 풀리지 않았다.

우려했던 대로 러시아의 몇몇 정치인이 나라의 국부를 외국에 팔아먹는다면서 이의를 제기하고 나선 것이다.

그 이면에는 룩오일을 노렸던 외국 기업들이 도사리고 있었다.

룩오일의 매각을 반대하는 정치인들이 한 목소리로 내세운 주장이 있었다.

룩오일을 매각할 수밖에 없는 상황이라면 러시아에 이익이 될 수 있는 큰 기업에 매각하라는 것이었다.

한국에서도 잘 알려지지 않은 중소기업인 도시락에 룩오일을 매각한다는 것은 불순한 거래가 있지 않고서야 가능하지 않다는 주장을 펼쳤다.

도시락라면이 러시아에서 큰 인기를 얻으며 자리를 잡아가고 있지만, 아직 도시락에 대해 모르는 사람이 더 많았다.

'올해는 굳게 닫혀 있던 중국의 문도 열린다. 미래를 위해선 중국에도 반드시 자리를 잡아야 한다. 중국을……'

구름에 가려 보이지는 않지만 비행기는 중국을 지나고 있었다.

1992년 8월 24일 한국은 중국과의 적대 관계를 청산하고 국교를 정상화했다.

머릿속에서 많은 그림이 그려졌다.

미국의 퀄컴과 마이클 조던에게 건네기로 한 나머지 금액은 한국에서 출발하기 전에 모두 처리했다.

중국이 개방되기 전에 룩오일과 소빈뱅크가 원활하게 돌아가게 하는 것이 일차적인 목표다.

다행인 것은 룩오일의 매각을 반대하는 정치인들은 소빈뱅크에 대해서는 말을 꺼내지 않았다.

자신들에게 후원금을 주며 룩오일 매각과 연관된 작업을 하는 기업이 없기 때문이었다.

러시아는 빠르게 물질만능주의에 빠져들었다. 그러자 러시아가 사회가 급격히 변화했다.

정치인들도 돈의 쓰임새가 많아져 풍부한 정치 자금은 정치 활동에 있어 경쟁자보다 더욱 유리한 환경을 만들어 주었다.

국회의원 선거에도 많은 돈이 뿌려졌고 당선에도 상당한 영향을 끼쳤다.

룩오일을 정상화시킨다면 지금 운영하고 있는 한국의 회사들보다 덩치가 큰 회사가 된다.

또한 전략자원인 원유와 천연가스를 손에 넣을 수 있다.

룩오일이 소유하고 있는 시추 지역에서도 상당한 양의 원유가 나올 수 있었다.

'후후! 우습네. 일본이 딴죽을 걸고 나올 줄이야.'

세르게이는 러시아 대사관의 인물을 통해서 나에게 연락을 취했다.

미쓰비시물산이 러시아 국회의원과 정치인들에게 돈을 뿌리며 룩오일의 인수에 방해를 놓고 있다는 정보였다.

그중에는 러시아연방 총리인 빅토르 체르노미르딘이 포함되어 있었다.

체르노미르딘은 러시아의 국부가 외국 기업에 넘어가는 것을 반대하는 인물이다.

그는 러시아의 가장 큰 국영 천연가스 추출 기업으로 성장하게 되는 가즈프롬를 만든 인물이자 초대 사장이었다.

현재 그가 룩오일의 최종 승인권자인 러시아 에너지장관에게 영향력을 행사할 수 있는 러시아 연방총리라는 것이 문제였다.

세르게이 또한 막강한 영향력을 행사하는 대통령 비서실장이었지만 행정력을 행사하는 연방총리의 입김을 무시할 수는 없었다.

지금 에너지장관은 두 사람의 눈치를 보며 매각에 대한 최종 허가를 미루고 있었다.

세르게이를 통해 만나야 할 사람들을 머릿속에서 그렸다.

룩오일의 문제는 회사만 잘 운영해서 될 일이 아니었다.

본격적으로 러시아 정치인들에게 로비를 하지 않으면 안 되는 시점으로 바뀌었다.

대통령 비서실장인 세르게이와 러시아 외무부의 동아시아국장인 포타닌뿐만 아니라 좀 더 포괄적인 지지 세력을 가져야만 러시아에서 벌이는 사업에 문제가 되지 않을 것이다.

러시아 대통령인 옐친이 나에게 일일이 신경을 써주기에는 그의 위치가 너무 컸다.

하지만 이미 도시락은 러시아 투자에 대한 여러 가지 장점과 관련된 프레젠테이션의 준비를 마쳤다.

또한 반대하는 정치인들에 대한 신상 정보도 얻어놓은 상태였다.

이번에 새롭게 코사크에 들어온 인물 중에는 KGB에서 사찰했던 정치인들에 대한 상당한 정보를 가지고 나온 자가 있었다.

그 정보에는 룩오일 인수에 반대하는 정치인들에 대한 상세한 신상 정보가 들어 있었다.

그들이 계속해서 룩오일의 인수에 반대를 표명한다면 그 약점을 이용할 수밖에 없었다.

*   *   *

모스크바공항은 이젠 많이 친숙해진 상태였다. 공항에는 일린과 코사크의 경비대원이 마중을 나와 있었다.

나를 경호하기 위해 나온 코사크의 경비대원 중에 낯선 인물이 보였다.

대원들의 선발에 대해서 일린과 티토브 정에게 일임하였다.

나는 입사에 최종 결정을 내리지만 웬만해서는 그들이 선발한 인물들을 모두 받아들였다.

오늘 처음 본 인물은 정말 눈이 날카로웠다.

얼굴은 조금 앳돼 보였지만 온몸에서 풍겨오는 기운이 보통이 아니었다.

"이번에 새로 들어온 대원으로 막심이라고 합니다. 실력이 대단한 친구입니다. 앞으로 대표님의 경호를 담당할 것입니다. 진정한 외로운 늑대입니다."

일린의 말에 막심이라는 인물이 나에게 고개를 숙였다.

그는 체첸인이었다.

체첸인들은 스스로를 '외로운 늑대'라고 부른다. 늑대는 죽일 수 있어도 길들일 수는 없다는 것이다.

"반갑습니다. 잘 부탁합니다."

나는 그에게 손을 내밀어 악수를 청했다.

예쁘장한 외모와 달리 마주 잡은 그의 손은 무척이나 거칠었다.

"받아주셔서 감사합니다. 실망시켜 드리지 않겠습니다."

내 손을 잡은 막심은 고개를 숙이며 정중히 인사를 건넸다.

그는 일린에게서 최종 결정권자인 나의 선택을 받아야만 입사할 수 있다는 소리를 들었다.

공항에서 나온 우리는 새로 사들인 벤츠에 올라탔다.

벤츠에는 상당한 돈을 들여서 방탄유리뿐만 아니라 총알을 막아낼 수 있게 차체를 특수강과 티타늄, 그리고 세라믹 등으로 처리했다.

코사크의 마크가 들어간 두 대의 차량이 앞뒤로 호위하며 움직였다.

두 대의 호위 차량에도 방탄유리로 교체했다. 벤츠의 운전대를 잡은 인물은 날 경호하게 될 막심이었다.

김만철과 티토브 정을 포함하여 여덟 명의 인물이 나를 경호했다.

그들 모두가 권총을 소지했고 차량의 뒤 트렁크에는 중화기가 들어 있었다.

이전처럼 섣불리 날 노리고 습격한다면 크게 당할 수 있었다.

내가 탄 차량은 안전하게 스베르 건물에 도착했다.

스베르에는 코사크의 본사와 세레브로 제련공장의 사무실이 입주해 있었다.

도시락 러시아 현지 공장이 완공되면 도시락 모스크바 지사도 입주할 예정이다.

내가 묵을 8층은 개인 사무실과 함께 숙소로 이용할 수 있도록 호텔 방처럼 꾸며놓았다.

방에 짐을 풀고 나자 코사크와 세레브로 제련공장의 관리직원이 올라와 업무보고를 했다.

세레브로 제련공장은 쌩쌩 잘 돌아가고 있었다. 작년과 비교해서 매출과 이익이 배 이상 늘어났다.

낡은 설비를 최신 공장 설비로 교체하고 잉여 인력에 대한 구조조정을 확실하게 끝마친 결과였다.

또한 세레브로와 경쟁하던 공장들이 불경기로 인하여 상당수 문을 닫은 것도 세레브로가 안정적으로 성장할 수 있게 해주었다.

세레브로는 내가 크게 관여하지 않아도 문제없이 잘 돌아갔다.

코사크 또한 생각했던 것보다도 더욱 빠르게 일감이 늘어났다. 미국 회사와 네덜란드 회사 두 곳에서 어제 코사크에 경비를 의뢰했다.

모스크바에서 사업하는 회사는 물론 개인 경호를 요청하는 사람도 늘어났다.

코사크가 경비하는 곳은 마피아가 건드리지 않는다는 소문이 돌고 있었다. 실제로 프랑스 국적의 회사에 코사크가 경비에 들어가자 보호비를 요구하던 마피아가 모습을 감추었다.

이미 체첸마피아 샬리와의 일전이 모스크바에서 활동하는 러시아 마피아들의 귀에 들어갔다.

코사크와의 전투로 샬리의 조직원 절반이 희생되자 샬리는 지금 다른 마피아 조직에 밀려나고 말았다.

자칫 코사크를 건드렸다가 샬리와 같은 결과로 이어질 수 있었다.

더구나 코사크에 정부 고위관료가 연관되어 있다는 소문 때문에라도 러시아 마피아는 코사크와의 마찰을 피했다.

코사크 또한 정상적인 방법으로 사업을 하지 않거나 범죄에 연루된 회사나 인물에 대해서는 의뢰를 맞지 않았다.

무작정 러시아 마피아들이 벌이는 이권 사업에 코사크가 끼어들어 마찰이 계속 일어난다면 문제가 될 수 있었다.

아직은 코사크 경비회사의 규모로는 모스크바에서 활동하는 마피아조직 모두를 상대할 수 없었다.

코사크의 경비 인력은 45명으로 늘어난 상태다.

아마 코사크는 올해를 기점으로 크게 성장할 것이 분명했다. 두 회사의 업무보고 후에는 나는 곧장 소빈뱅크로 향했다.

*   *   *

소빈뱅크의 본사는 노브이 아르바트 거리 남쪽에 자리 잡고 있었다.

소빈뱅크를 정상화시키기 위해서는 구조조정이 필요했다.

러시아 10개 도시에 지점이 있었지만, 모스크바와 상트페테르부르크 등 몇몇 도시만 빼고는 적자를 보고 있었다.

소빈뱅크는 저축과 대외무역, 그리고 농업금융을 취급했다.

현재 생각하고 있는 소빈뱅크의 구조조정으로 먼저 농업금융에 치중하던 지점들은 모두 폐쇄할 예정이다.

앞으로는 저축과 대외무역금융만 취급하여 운영할 계획이다.

폐쇄된 은행지점들을 대신해 이익이 나는 모스크바와 상트페테르부르크, 그리고 블라디보스토크에는 3개의 지점을 더 개설할 것이다.

10개 지점을 7개의 지점으로 축소하여 운영하여 내실을 다지고 자본금도 천만 달러로 늘릴 생각이다.

또한 뉴욕과 서울에 소빈뱅크의 지점 개설을 준비 중이다.

이미 외부 전문기관에 소빈뱅크의 실사와 구조개혁을 의뢰한 상태다.

소빈뱅크 또한 러시아의 다른 은행처럼 전문성 부족과 운영의 방만함이 부실을 키웠다.

부실을 걷어내면 소빈뱅크를 통해서 얻어지는 이익은 상당할 것이다.

러시아에서 외국으로 돈을 보내기가 쉽지 않다.

시스템의 낙후성도 있었지만, 외국으로의 외화 유출에 대해 러시아 당국은 심각하게 받아들였다.

또한 러시아 은행은 원천적으로 믿을 수가 없다.

서민들이 많이 이용하는 우리나라의 국민은행과 비슷한 러시아의 대형 은행인 스베르방크가 구소련 붕괴 후 서민들의 저축을 액면가로 내주는 바람에 폭동 직전까지 갔다.

1989년에 10루블이었다면 1993년에 10루블에다 이자를 몇 푼 붙여서 주는 방식을 취했던 것이다.

89년에 10루블이었다면 1.56달러 정도의 가치가 있었으나 구소련 붕괴 후, 루블 환율이 폭등(돈의 가치 하락)하면서 93년 돈을 찾았을 때에 10루블은 1센트의 가치도 없었기 때문이다.

러시아인들은 은행에 돈을 넣어두는 바람에 사실상 돈을 잃어버리는 피해를 본 것이다.

1998년 8월 러시아의 외환위기가 닥칠 때에도 러시아 국민들은 비슷한 피해를 봤다.

러시아의 대형 상업 은행들은 자기의 자본을 신용으로 달러 저축을 받았는데, 외환위기가 닥치자 달러가 없어 저축을 달러로 내주지 못했기 때문이다.

루블화의 가치 폭락으로 고객은 엄청난 손해를 입었다. 자칫 러시아 은행을 이용했다가는 환율로 인해 큰 피해는 물론이고 예금을 찾을 수 없는 경우도 발생했다.

러시아인도 불신하는 은행을 외국인이 믿기는 더욱 어렵다.

그래서 러시아에 거주하는 기업인과 외국인들은 대부분 뱅크오스트리아와 씨티뱅크 같은 외국계 은행을 이용하는데, 믿을 수 있는 대신 수수료가 상당히 비쌌다.

이들 은행은 러시아 지점에 개설된 계좌와 똑같은 계좌를 뉴욕 지점에도 개설해 두는 방식으로 신용을 확보한다.

러시아에서 문제가 발생하여 모스크바 지점이 문을 닫을

경우 고객들은 뉴욕 지점에서 자신의 예금을 찾을 수 있다. 돈은 확실하게 책임진다는 이야기다.

나 또한 작년까지 외국계 은행을 이용했었다.

소빈뱅크는 러시아에서의 사업에 꼭 필요했던 요소였다.

경호 차량과 내가 탄 차가 은행 정문에 멈추자 소빈뱅크에서 경비 업무를 보고 있는 코사크의 직원이 재빨리 차 문을 열었다.

연락을 받은 소빈뱅크의 은행장이 정문에 나와 기다리고 있었다.

내가 승용차에서 내리자 은행장과 함께 나온 직원이 고개를 숙여 나에게 인사를 건넸다.

러시아에서의 나의 위상은 한국에서보다 한층 높아져 가고 있었다.

소빈뱅크 본사가 사용하는 건물은 3층 건물로, 1935년에 지어져 1980년에 내부를 수리하고 보강하였다.

묵직하고 고전적인 느낌이 고스란히 묻어나는 건물로 오래되었지만 무척이나 튼튼했다.

나는 곧바로 소빈뱅크의 귀빈실로 안내되었다.

그곳에는 나에게 보고하기 위한 서류들이 탁자 위에 올려져 있었다.

이미 구조조정에 대한 의사를 전달한 상태라 소빈뱅크의 은행장과 직원들은 긴장하는 눈빛이 역력했다.

구소련의 공무원과 은행원들은 경직되고 느린 업무 처리로 유명했다.

서방의 은행들처럼 고객에 대한 서비스와 친절한 응대가 부족했고 직원들은 그러한 교육을 제대로 받지 못했다.

소빈뱅크 또한 그러한 점에서는 다른 구소련의 은행들과 다를 것이 없었다.

소빈뱅크 은행장의 이름은 바실리로 나이는 52세였다.

정부의 관리를 받았던 소빈뱅크이었기에 바실리에게도 관리적인 모습이 엿보였다.

귀빈실에는 은행장인 바실리와 부은행장인 이고르가 함께했다.

이고르는 41살로 소빈뱅크의 실질적인 업무를 맡아온 인물이다.

이고르가 소빈뱅크의 예금 금액과 자산, 그리고 부실 채권과 관련된 상황들을 하나씩 나에게 설명했다.

이미 책상에 놓인 서류들은 모두 모스크바에 머물고 있는 닉스 소속 회계사에게 보내진 상태이다.

또한 그를 돕기 위해 도시락 모스크바 지사의 회계 업무를 보고 있는 회계사와 또 다른 회계사를 붙여주었다.

닉스의 변호사인 루이스 정 또한 회계사 자격증을 가지고 있었지만, 현재는 룩오일에 관한 일에 매달리고 있었다.

부은행장인 이고르의 설명을 들으며 서류를 하나둘씩 넘길 때에 내 눈에 띄는 목록이 있었다.

소빈뱅크의 지하 2층에 위치한 대여금고에 개인들이 맡겨둔 채 보관 중인 물품 목록이었다.

소빈뱅크는 1952년도에 창설된 은행이다. 목록에는 그때부터 물품이 보관되어 있었다.

목록에 적힌 것은 개인과 단체의 이름뿐이었고 어떤 물건을 맡겼는지는 서류상에 나와 있지 않았다.

"잠깐만, 여기 대여금고에 있는 보관품들은 주인이 찾아가지 않았습니까?"

소빈뱅크에서 대여금고를 중단한 것은 재작년이었다. 더는 보관할 공간이 없는데다 이익이 없었기 때문이다.

"대부분 찾아갔지만 연락이 되지 않은 사람이 많았습니다."

이고르의 설명이었다.

"그럼 찾아가지 않은 보관품들은 어떻게 처리합니까? 여기 서류상에는 1952년부터 보관 중인 물건도 있는데 말입니다."

"그에 대해서는 특별한 법률이 없습니다. 일정 기간 이상 보관 중인 물품의 보관료를 내지 않거나, 기간 내에 찾아가지 않으면 은행 자산에 귀속시키고 있습니다."

이고르는 대수롭지 않게 말했다.

"그럼 보관 중인 물품 중에서 귀속된 것들은 얼마나 됩니까?"

"보고 계신 리스트 중에서 별표가 들어간 물건들은 은행 자산으로 표기된 것입니다."

이고르의 말에 나는 리스트를 다시 한 번 살폈다.

고객이 찾아가지 않은 물품 중에서 70% 정도가 별표 표시가 되어 있었다.

나머지 30%도 앞으로 1~2년이 지나면 소빈뱅크에 귀속될 물품이었다.

"어떤 물건들인지 확인을 했습니까?"

"목록만 정리했습니다. 아직 확인해 보지는 않았습니다."

이고르는 나의 질문에 조금 긴장한 채 답했다.

소빈뱅크의 직원들은 창고로 변해 버린 대여금고를 굳이 애쓰며 조사할 생각을 하지 않았다.

"지금 금고를 볼 수 있습니까?"

"볼 수 있습니다만, 정리가 되지 않아서 복잡한 상태입니다."

은행장인 바실리가 당황스러운 표정을 지으며 말했다.

"괜찮습니다. 소빈뱅크의 시설들도 둘러볼 겸 가서 보지요. 서류를 보는 것보다 눈으로 확인하는 것이 훨씬 더 눈에 잘 들어오니까요."

두 사람은 나의 말을 따를 수밖에 없었다.

실질적인 소빈뱅크의 주인이자, 외국인에게 은행 인수를 허락하지 않았던 당국의 결정을 바꿀 정도의 힘을 가진 인물이었기 때문이다.

내가 소빈뱅크의 인수하자 외국 기업이나 재력을 갖추고 있는 외국인들도 러시아 은행을 인수하기 위해 노력했지만, 러시아 당국의 허가가 떨어지지 않았다.

그러한 일을 비추어서 보면 내 뒤를 봐주는 인물이 보통이 아니라는 것을 두 사람은 경험상 잘 알고 있었다.

부은행장 이고르의 안내로 대여금고가 있는 지하 2층으로 향했다.

지하로 내려가기 위해서는 2개의 두꺼운 철창문을 지나야만 가능했다.

엘리베이터 또한 키를 넣고 열어야만 출입문이 개방할 수 있었다. 생각한 것보다 소빈뱅크의 보안은 괜찮았다.

지하 2층에 불이 켜지자 대여금고로 썼던 넓은 공간이 드러났다.

금고라기보다는 죄수를 가둬두는 감옥처럼 크기가 다른 이십여 개가 되는 방으로 구성되어 있었다.

대여금고를 이용할 수 있었던 재작년까지 이곳에도 무장경비원이 상시 근무했었다고 한다.

금고로 향하기 위해서는 이고르의 손에 들린 열쇠로 어린아이 팔뚝만 한 쇠창살문을 또 열어야만 했다.

이고르의 말처럼 지하 2층 대여금고는 먼지가 수북이 쌓여 있었고 불필요한 사무 집기들도 보관 되어 있었다.

주인들이 작년까지 찾아가지 물건 중에서 소유가 소빈뱅크로 넘어오지 않은 보관품들은 1번과 2번 번호가 적혀 있는 방에 보관 중이었다.

그리고 소빈뱅크로 소유가 넘어온 보관품들은 뒤쪽에 보이는 3개의 방에 나누어져 보관하고 있었다.

대부분의 물품은 처음 맡겨진 상태 그대로였다.

대여금고 방들은 보관하고자 하는 물품의 크기에 맞춰 여러 가지 형태로 되어 있었다.

영화나 드라마에서 보았던 서랍 형태의 금고도 있었고, 부피가 있는 물품을 보관하기 위한 칸막이 형태도 있었다.

우리는 가장 안쪽에 위치한 방의 문을 열었다.

두꺼운 철문으로 되어 있는 방 안에는 칸칸이 나누어진

선반 위로 먼지를 잔뜩 뒤집어쓴 물건이 올려져 있었다.

단단한 나무상자로 둘러싸여진 물건부터 두꺼운 종이로 포장된 보관품들도 있었다.

다들 세월의 흔적을 느껴지는 물건이었고 각 보관품마다 맡긴 사람의 이름표가 붙어 있었다.

"여기 있는 게 다 찾아가지 않은 보관품입니까?"

"예, 연락처에 기재된 전화와 주소로 연락을 취했지만 찾아가지 않거나 보관 기간을 넘어선 보관품들입니다. 모두 소빈뱅크로 소유권이 합법적으로 넘어온 것들입니다."

보관 기간이 지나는데도 보관료를 더 이상 내지 않거나 정해진 기간 내에 찾아가지 않은 물품들이었다.

보관품의 은행 귀속에 대한 조항 규정은 물건을 은행에 맡길 때에 적어내는 서류에 들어 있다.

"그럼 여기 있는 물건들을 소빈뱅크가 마음대로 처분해도 되는 것입니까?"

"예, 법적으로 아무런 문제가 없습니다."

이고르는 자신 있게 대답했다.

"여기에 보관된 물품들은 지금까지 어떻게 처리했었습니까?"

"재작년에 대여금고를 중단하기로 하고 물품을 찾아가라고 연락을 취한 후부터 찾아가지 않은 것들을 그대 둔 것입니다. 따로 처분한 적은 없었습니다."

이고르의 말처럼 단 한 번도 소빈뱅크의 보관품들을 열어보거나 정리한 적은 없었다.

나는 선반 위에 놓인 보관품 하나를 집어 들었다. 두꺼운 종이로 길게 둘둘 말아놓은 물품이었다.

한가운데를 종이로 만들어진 누런 끈으로 묶여 있는 보관품은 그림 같았다.

나는 끈을 풀어서 두꺼운 종이를 조심스럽게 펼쳐 보았다. 두꺼운 종이 아래에는 기름종이가 보였다.

예상대로 기름종이로 감싼 안쪽에는 그림이 들어 있었다.

그림에는 떡갈나무 숲이 그려져 있었다.

바로 눈앞에서 떡갈나무 숲이 펼쳐진 것처럼 세밀하고 아름답게 그려진 멋진 그림이었다.

그림의 하단에는 이반 시스킨(Ivan Shishkin)이라는 서명과 함께 1881년이라는 날짜가 적혀 있었다.

'그림이 범상치가 않은데…….'

머릿속에 스치는 생각이었다.

"이걸 가져가도 되겠습니까?"

나는 순간 그림을 그린 이반 시스킨에 대해 알고 싶어졌다.

은행에 맡길 정도의 그림이라면 뭔가 특별하지 않을까 하는 생각 때문이다.

만약 이 그림을 그린 이반 시스킨이 유명한 화가라면 소빈뱅크의 지하 대여금고는 상당한 보물들이 숨겨진 장소일 수 있었다.

"물론입니다. 더 필요한 것이 있으시면 말씀하십시오."

"우선은 이곳의 출입을 누구도 할 수 없게 하십시오. 이곳의 문을 열 수 있는 키는 이것뿐입니까?"

나는 이고르가 들고 있는 열쇠 뭉치를 가리키며 말했다.

"예, 이 열쇠와 함께 서랍 형태의 금고를 여는 열쇠가 있습니다."

"이곳의 열쇠는 우리가 보관하겠습니다. 오늘부터 대여금고의 실사를 시작하겠습니다."

갑작스러운 나의 통보에 이고르가 놀라는 눈치였다.

"오늘부터라 하시면?"

이고르는 나에게 열쇠를 건네주며 물었다. 열쇠는 동행한 김만철에게 주었다.

"직원들이 모두 퇴근한 후에 소빈뱅크의 실물자산에 대한 실사를 진행할 것입니다."

내 목적은 소빈뱅크의 사무실 집기나 물품들에 대한 실물자산에 있는 것이 아니었다. 지하 2층에 있는 보관품들에 있었다.

　무엇이 나올지 모르는데 정리 대상인 소빈뱅크의 직원들을 동원해서 이곳을 조사할 마음은 없었다.

Chapter 9

　사무실이 있는 스베르 건물로 돌아오자마자 가져온 그림에 적혀 있는 이반 시스킨에 대해 알아보았다.

　이반 시스킨은 나의 예상대로 러시아의 유명화가이자 판화가였다.

　1832년도 에라브가에서 출생했으며 1898년 페테르부르크에서 사망했다.

　러시아의 자연과 삼림을 그린 화가이자 숲의 화가로 불린 이반 시스킨은 19세기 후반의 러시아 사실주의 미술운동 그룹인 이동파의 창시자였다.

이동파의 속한 화가들은 보수적인 아카데미 미술 교육에 반발하여 창작의 자유와 예술을 통한 민중 계몽에 역점을 두었다.

2004년 런던의 소더비에서 이반 시스킨의 그림이 수백만 달러에 거래되었다.

문제는 가져온 그림의 진품인지에 대한 여부를 가려야만 했다.

모스크바에는 이반 시스킨의 그림들이 보관 중인 트레차코프 미술관이 있었다.

모스크바시에서 관리하는 곳으로 칸딘스키와 이바노프, 그리고 샤갈 같은 유명 화가의 작품들을 소지하고 있었다.

소빈뱅크에서 가져온 그림을 트레차고프 미술관으로 보내어 진품 여부를 물었다.

두 명의 전문가가 심도 있게 검토했고 돌아온 대답은 진품이었다.

더구나 이 그림은 이반 시스킨의 대표작 중의 하나였다.

내 생각이 맞았다.

소빈뱅크의 대여금고의 보관품들 중에는 생각지도 못한 물품들이 들어 있었던 것이다.

적지 않은 수수료를 은행에 지급하면서까지 안전하게 보관할 물품이라면 상당한 귀중품일 수밖에 없었다.

소빈뱅크를 인수한 가장 큰 이유는 사업에 필요한 외환 거래를 위해서였다.

소빈뱅크가 소유의 건물과 토지도 상당했기에 인수 금액과 비교하면 손해날 것이 없었다.

소빈뱅크는 회수하지 못한 대출 금액도 많았지만, 그로 인해 담보로 잡혀 넘어온 부동산도 많았다.

부실 채권과 소유권이 소빈뱅크로 넘어온 부동산들을 처분한다면 손해나는 것은 거의 없었다.

더구나 생각지도 못한 대여금고의 보관품들은 무엇보다 값진 선물이었다.

김만철과 티토브 정, 코사크의 경비대원 4명을 대동했다.

소빈뱅크에는 코사크 경비대원 2명이 야간경비를 서고 있었다.

대여금고의 철문들이 열리고 나는 다시금 보관품들이 있는 방으로 들어섰다.

어린 시절 보물찾기를 하는 마음처럼 심장이 두근두근하며 뛰었다.

우선 부피가 있는 나무 상자에 보관 중인 보관품을 확인했다.

나무 상자에서 나온 것은 도자기였다.

도자기는 깨지는 것을 방지하기 위해 부드러운 종이로 여러 겹 감싸져 있었다.

종이를 벗기자 세 개의 술잔이 모습을 드러냈다.

술잔은 지름이 대략 8㎝ 정도 되는 크기로, 흰 바탕 위에 수탉과 암탉, 그리고 병아리가 꽃밭에서 놀고 있는 모습이 정교하게 그려져 있었다.

마치 며칠 전에 만든 것처럼 너무도 선명한 그림이었다.

술잔 아래에는 대명성(大明成) 화년제(化年製)라는 여섯 글자가 새겨져 있었다.

나중에야 안 일이었지만 이 술잔의 이름은 계양배(닭 술잔)였고, 명나라 성화제(成化帝 1464~1487) 재위 기간에 만들어진 술잔이었다.

현재 이 계양배는 이십여 개만 남아 있는 아주 귀한 도자기였다.

이 술잔은 2014년 홍콩 소더비 경매에서 377억 원이라는 놀라운 가격에 팔렸다.

계양배가 소빈뱅크의 대여금고에 어떻게 해서 보관되어 있었는지는 알 수 없었다.

나를 비롯한 누구도 술잔의 진정한 값어치에 대해 알지 못했다.

아마도 소빈뱅크의 대여금고에 이 술잔을 보관한 인물도

술잔의 진정한 값어치를 알지 못했을 것이다.

구소련의 정치와 사회 변혁이 80년대 후반과 90년대 들어서 빠르게 변해왔었다.

정부에서 지급하는 식량과 지원이 끊기는 동안 소빈뱅크에 중요 물품을 맡겼던 인물의 상당수가 사망하고 말았다.

그런 이유로 가족들도 모르는 경우가 많았다. 불의의 사고가 일어난 사람들도 있었기 때문이었다.

하나의 방에 대한 조사가 끝나갈 무렵 보관품의 내용물들이 확인되었다.

금괴나 보석 같은 물품은 거의 없었고 매매계약서와 토지문서 같은 서류가 많았다.

눈에 띄는 것 중에는 낡은 악보나 옛 고서들, 그리고 우표를 모은 우표책이 있었다.

작은 상자에서는 제정러시아 때에 발행한 금화와 은화, 그리고 그림도 몇 점이 더 나왔다.

눈길이 갔던 물품 중에는 낡은 원고지 뭉치가 나왔는데 그곳에 적인 이름이 심상치 않았다.

낡은 원고지 앞에 도스토옙스키라는 이름이 적혀 있었다.

도스토옙스키는 〈죄와 벌〉, 〈카라마조프가의 형제들〉과 같은 작품을 만들어낸 러시아의 대문호였다.

정말 소빈뱅크의 대여금고는 숨겨진 보물들이 있었다.

자정이 다 되어서야 대여금고의 조사가 모두 끝이 났다.

서랍 형태의 금고에서 귀금속들이 나왔지만 그리 값이 나가는 물건은 아니었다.

마지막 방에서 나온 그림들이 대단했다.

진품 여부를 가려야 했지만 마르크 샤갈과 일리야 레핀의 작품이 나왔다.

두 사람 다 러시아에서 태어난 화가로 마르크 샤갈은 몽환적이고 아름다운 색채의 마술사였고, 일리야 레핀은 19세기 시각예술을 대표하는 러시아 회화의 거장으로 톨스토이와 함께 러시아 예술계 국보로 대접받는 미술가다.

놀라운 것은 일리야 레핀이 10년 이상 걸려 그렸다는 〈터키제국의 술탄 메메드 4세에게 답장을 쓰는 자포로제의 코사크인들〉이라는 긴 제목의 그림이었다.

레핀의 작품 중 구성과 묘사가 가장 정교하고 복잡한 그림이다. 크기도 커서 가로가 361㎝, 세로가 217㎝였다.

이 그림은 1870년대 후반에 그리기 시작하여 1891년도에 완성되었다.

그림이 발표되자마자 차르 황제가 당시 3만 5천 루블이라는 엄청난 금액을 주고 사들였다.

이 그림이 어떻게 여기에 보관되어 있는지가 미스터리다.

세계적인 화가인 샤갈의 그림 또한 범상치가 않았다.

머릿속에서 기억하고 있는 화가 중에서 일리야 레핀과 마르크 샤갈은 내가 알고 있는 러시아 출신의 유명화가였다.

이러한 그림들이 소빈뱅크의 대여금고에 남아 있다는 것이 믿기지가 않았다.

더구나 소빈뱅크는 지금까지 대여금고에 있는 보관품들에 대해 전혀 관심이 없었다.

이미 대여금고에서 가져간 이반 시스킨의 그림이 진품임을 확인했다.

발견된 두 그림도 진품 여부를 가려야 했지만, 가짜가 아닐 거라는 확신이 들었다.

소빈뱅크로 소유가 넘어오지 않은 앞쪽 방은 확인조차 하지 않았다.

그곳에서도 고미술품이 나올 여지가 있었다.

진품 여부를 가리기 위해서 그림과 도자기, 그리고 도스토옙스키의 원고를 소빈뱅크에서 가지고 나왔다.

나머지 물품들은 소빈뱅크에 보관하는 것이 좋을 것 같아 그대로 두었다.

*   *   *

다음 날 대학에서 미술학을 가르치는 두 명의 교수를 스베르 건물로 불렀다. 두 사람은 러시아 미술사에 일가견이 있는 인물이었다.

두 교수는 두 눈을 가린 채였다. 그림을 보관한 방에 들어서서야 가린 눈을 풀어주었다.

모두가 보안을 위해서였다.

이미 소빈뱅크의 소유로 넘어왔지만 그림의 존재가 밝혀지면 복잡한 일이 발생할 수 있었다.

두 사람은 그림을 보자마자 탄성을 질렀다.

마르크 샤갈의 그림은 〈도시 위에서〉였다.

작품 속에 두 주인공은 샤갈과 그의 아내 벨라였다.

싱그러운 녹색과 푸른색 옷을 입은 채 하늘을 날고 있는 연인들의 발밑에 샤갈의 고향 마을인 베테프스크의 풍경이 펼쳐진 그림이다.

1970년 모스크바를 마지막으로 '도시 위에서'는 사람들의 눈에서 사라졌다.

일리야 레핀의 〈터키제국의 술탄 메메드 4세에게 답장을 쓰는 자포로제의 코사크인들〉의 그림은 2차 대전 중에 사라져 지금까지 모습을 드러낸 적이 없었다.

일설에는 독일군에게 강탈당했다는 말이 있었다.

2시간을 꼼꼼하게 살핀 두 사람의 의견은 일치했다. 그림은 진품이었고 보관 상태 또한 완벽하다고 말했다.

나는 그들 앞에 모습을 드러내지 않고 옆방에서 전화로 진품 여부를 전해 들었다.

두 사람은 어떻게 이 그림을 소유하게 되었는지를 무척이나 궁금해하는 것 같았다.

그들에게 그림의 출처를 이야기해 줄 필요는 없었다. 두 사람에게 후한 수고비를 주었고 입단속을 시켰다.

그림에 대해 떠드는 순간, 그림은 다시금 모습을 감출 거라는 말과 함께 두 사람의 신상에도 좋지 않을 거라고 말했다.

분위기상 보통의 인물이 그림을 소유하고 있는 것이 아니라는 것을 인식했기 때문인지 두 사람은 무척이나 조심스러운 표정이었다.

모스크바에서는 괜한 모험을 할 필요성은 없었다.

도스토옙스키의 서명이 들어간 원고도 진품이었다. 도스토옙스키의 친필 원고는 죄와 벌의 초기 원고였고, 뒤쪽에는 미발표 단편 소설도 포함되어 있었다.

소빈뱅크에서 가져온 소장품들 모두가 진품인 것이다.

*   *   *

오후에 세르게이에게서 연락이 왔다.

체르노미르딘이 내일 옐친 대통령을 만나기 위해 대통령 관저인 크렘린을 방문한다는 소식이었다.

모스크바에 도착하자마자 체르노미르딘과의 약속을 잡기 위해 노력했지만, 그는 의도적으로 나를 피했다.

내가 만나고자 하는 이유를 뻔히 알고 있었기 때문이었다. 하지만 그는 나를 만날 수밖에 없었다.

나 또한 내일 대통령 비서실장인 세르게이를 만나기 위해 크렘린을 방문하기로 했다.

크렘린의 방문에 마음이 조금 긴장되었다.

붉은 광장에서 크렘린 궁을 바라본 적은 있어도 직접 안에 들어온 것은 처음이었다.

러시아 대통령의 관저가 있는 곳이라서인지 경비는 무척이나 삼엄했다.

대통령 비서실장인 세르게이의 조처 때문인지 간단한 확인 작업 후 곧장 크렘린 궁 안으로 안내되었다.

크렘린 궁의 내부는 생각보다 넓었고 고풍스러운 느낌의 장식들과 물건들로 실내를 장식하고 있었다.

복도의 벽면에는 러시아의 역사와 풍경을 담은 그림들로

가득했다.

안내하는 인물을 따라 도착한 곳은 접견실이었다. 5분 정도가 지나자 세르게이가 모습을 드러냈다.

회색 정장에 파란 넥타이를 한 그의 모습은 자신감이 넘쳐 보였다.

"강 대표님이 오시니 모스크바의 날씨가 화창해졌습니다."

며칠 동안 모스크바에 많은 눈이 내렸었다.

"제가 남쪽에서 와서 그런 것 같습니다."

세르게이는 내 말에 환하게 웃으며 말했다.

"하하하! 그런가요? 강 대표님 덕분에 대통령께서 활발하게 움직이고 있습니다."

탬페레호에 실렸던 금괴를 회수하여 블라디보스토크까지 무사히 가져다주었다.

10억 달러 상당의 금괴는 옐친에게 있어 아주 요긴한 통치자금이 되고 있었다.

"아닙니다. 저도 덕분에 사업을 확장할 수 있었으니까요."

"그럼 다행입니다. 체르노미르딘은 10분 후에 이곳으로 올 것입니다. 아무도 들어오지 않을 테니까, 그를 잘 설득해 보세요. 체르노미르딘과 친분을 만들면 강 대표님에게도 많은 도움이 될 것입니다."

러시아연방 초대 총리인 체르노미르딘은 옐친이 신임하는 인물이기도 했다. 그는 1992년부터 1998년까지 러시아의 총리를 지냈다.

"이런 자리를 마련해 주시니 고맙습니다. 그리고 이걸 좋아하실지는 모르겠지만, 친구에게 드리는 작은 선물입니다."

나는 예쁘게 보장된 선물 상자 하나를 내밀었다.

"하하하! 이런 걸 잘못 받으면 뇌물이 됩니다."

뜻밖의 선물에 세르게이는 웃으면서 선물 상자를 열었다.

안에는 백금과 금으로 만들어진 넥타이핀 2개가 들어 있었다. 모양이 다른 넥타이핀의 위쪽에는 영롱한 5캐럿짜리 다이아몬드가 박혀 있었다.

한눈에 보더라도 보석 장인의 정성스런 손길이 느껴지는 멋진 제품이었다.

"오! 너무 멋집니다. 설마 여기 박힌 게 다이아몬드입니까?"

"예, 늘 넥타이핀을 하시는 걸 보고서 특별히 주문한 제품입니다."

나의 말처럼 세르게이는 늘 넥타이핀을 하고 다녔다.

"이거 정말 이런 귀한 것을 받아도 되는지 모르겠습니다."

넥타이핀에서 눈을 떼지 못하는 세르게이는 무척이나 만족하는 모습이었다.

"앞으로 계속 함께할 친구의 작은 선물로 받아주십시오."

내 말에 세르게이는 고개를 끄떡이며 내게 악수를 하기 위해 손을 내밀었다.

내가 그의 손을 잡자 따뜻한 미소를 보내며 말했다.

"친구의 성의를 무시하지 않겠습니다. 앞으로 두 사람의 우정은 변함없을 것이오."

"물론입니다."

내 말에 만족한 표정을 지으며 세르게이는 접견실을 나갔다. 가까워진 사람일수록 더 신경을 써야만 했다.

세르게이가 가지고 있는 영향력과 힘을 빌리기 위해서도 그래야만 했다.

세르게이가 접견실을 나가고 난 후 12분 정도 지나자 기다리던 빅토르 체르노미르딘이 들어왔다.

세르게이의 말처럼 그는 보좌관을 대동하지 않고 혼자였다.

옐친과 비슷한 덩치를 가진 그는 나를 못마땅한 얼굴로 쳐다보았다.

"강태수라고 합니다."

나는 정중하게 일어나 그에게 고개를 숙여 인사를 건넸다.

"체르노미르딘이오. 10분 정도밖에 시간이 없소이다."

그는 간단하게 자신을 소개하고 자리에 앉았다. 그의 말투는 호의적이지 않았다.

"귀중한 시간을 내주셔서 감사합니다. 저는 러시아를 무척이나 아끼고 좋아하는 사람입니다. 총리께서 생각하시는 것처럼 이 나라에 해가 되는 짓은 절대로 하고 있지 않습니다. 이것은 현재 도시락이 전적으로 러시아에 투자하여 짓고 있는 현지 공장의 조감도입니다."

나는 그에게 모스크바 근교에 짓고 있는 도시락공장의 조감도를 내보였다.

현재 구소련에서 러시아로 바뀌고 난 후, 외국계 회사가 러시아에 현지 공장을 짓는 것은 도시락이 제일 먼저였다.

내 말에 체르노미르딘이 공장의 조감을 유심히 보았다.

"음, 라면 공장이라고 했소?"

"예, 모스크바는 물론 러시아의 여러 도시에서 인기를 끌고 있는 도시락라면입니다. 가격도 한국과 동일하게 적용하고 있습니다. 공장이 완공되면 조금이나마 어려워진 식량 사정을 해결하는 데도 얼마간의 도움이 될 수 있을 것입니다"

러시아는 현재 식량과 생필품의 가격이 요동치고 있었다.

러시아가 자유경제시장으로 바뀌자 발 빠른 상인들과 기업인들이 외국 상품을 수입하여 비싼 가격으로 판매했다.

수입품이 예전보다 많이 시중에 유통되었지만, 가격을 비싸게 책정하여 서민들의 생활 경제에는 큰 도움을 주지 못했다.

나는 도시락이 가지고 있는 대체식량으로서의 장점과 투자로 인해 발생하는 현지 인력의 고용에 대한 장점을 설명했다.

그리고 또한 방만한 경영으로 문을 닫을 뻔했던 세레브로 제련공장의 성공적인 운영에 대해서도 말했다.

"음, 내가 들었던 거와는 다른 면이 있군요."

체르노미르딘의 말투가 조금은 달라졌다.

"도시락은 작은 기업이지만 보시는 거와 달리 자본이 탄탄한 회사입니다. 이미 현지 투자에 1억 달러에 가까운 자금을 썼습니다. 물론 룩오일에는 그보다 많은 돈을 투자할 것입니다. 방만했던 경영과 운영을 쇄신하여 점점 쇠락해가는 기업이 아닌 앞으로 러시아를 대표하는 기업으로 성장시킬 것입니다."

"하하하! 옐친 대통령께서 강 대표님을 칭찬한 이유가 있었군요. 그 자신감이 좋아 보입니다. 하지만 다른 기업들도 강 대표님과 같은 말을 하고 있습니다. 저의 입장에서는 러시아에 가장 이득이 되는 회사에게 룩오일을 넘기는 것이 좋다는 생각입니다."

체르노미르딘의 말투는 달라졌지만, 그의 생각은 바뀌지 않았다.

미쓰비시상사에서 어떤 조건을 제시했는지는 모르지만, 상당히 많은 자금을 투자할 것임은 분명했다.

문제는 미쓰비시상사 뒤에는 일본이 있었다.

체르노미르딘의 입장에서 볼 때 일본은 한국보다도 강국이었고 경제력에서도 큰 차이를 보였다.

더구나 미쓰비시상사는 회사 차원의 투자뿐만 아니라 일본 정부의 경제 지원을 내세웠다.

'후! 최후의 카드를 쓸 수밖에 없구나. 이마저 통하지 않는다면……'

나는 들고 온 가방에서 잘 포장된 상자 하나를 꺼내었다.

상자를 꺼내어 체르노미르딘에게 내밀자 그의 표정이 불쾌하게 변했다.

"지금 나에게 뇌물을 쓰려는 것이오?"

무척 화가 난 말투였다.

"뇌물이라고 하신다면 그럴 수도 있습니다."

"다들 러시아에서 이런 식으로 사업을 하려 하지만 나에게는 통하지 않소이다. 오늘 내게 보인 이러한 모습은 더 안 좋은 결과로 이어질 것이오. 나는 이만 일어나겠소."

체르노미르딘이 의자에서 일어나며 말했다.

그는 만연해 있는 러시아 관리들의 부패를 바로잡으려고 노력 중이었다.

체르노미르딘은 다른 러시아의 공직자들과 달리 청렴한 인물 중의 하나였다.

룩오일과 관련되어 외국 기업들에 로비를 받고 있었지만, 그 모든 상황을 러시아에 이익이 되는 쪽으로 이용하고 있었다.

"받지 않으셔도 됩니다. 그냥 보시고 나서 결정하십시오. 이대로 가시면 크게 후회하실 것입니다. 러시아에도 큰 손해가 될 것입니다."

나의 말에 체르노미르딘의 움직임이 멈췄다. 러시아에 손해라는 말이 그의 발걸음을 붙잡았다.

"이게 무엇인데 그런 말을 하는 것이오?"

그는 무척이나 궁금한 듯 내게 물었다.

"직접 열어보십시오. 생각하신 것처럼 돈은 아니니까요."

내 말에 체르노미르딘은 다시 의자에 앉아 탁자에 놓인 상자를 열었다.

상자 안에는 소빈뱅크에서 발견한 도스토옙스키의 친필 원고가 들어 있었다.

"후후! 이런 낡은 원고지를 뇌물로 쓰는 것이오?"

체르노미르딘 자신이 기대했던 거와 달리 낡은 원고지 뭉치를 보자 헛웃음을 보이며 말했다.

"도스토옙스키의 친필 원고입니다. 지금까지 발표되지 않은 작품도 포함되어 있습니다."

나의 말에 체르노미르딘의 눈이 사슴처럼 커졌다.

한때 소설가가 꿈이었던 체르노미르딘은 러시아 문학이 세계 최고라 자부하는 인물이다.

더욱이 조사를 통해 러시아의 연방총리인 체르노미르딘이 도스토옙스키의 열광적 팬이라는 것을 알게 되었다.

그는 톨스토이보다 도스토옙스키의 글을 더 높게 평가하는 사람이었다.

"그 말이 사실이오?"

"예, 몹시 어렵게 구한 것입니다. 제가 이걸 소장하는 것보다 러시아에 기증하는 것이 좋을 것 같아 가지고 왔습니다."

내 말에 체르노미르딘은 조심스럽게 원고지를 살폈다.

10분간만 시간을 주겠다던 체르노미르딘은 말없이 20분 동안 원고지에 적힌 글을 읽어 나갔다.

친필 원고지에는 도스토옙스키의 사인은 물론 그의 흔적이 곳곳에 묻어 있었다.

더구나 죄와 벌의 초기 원고에는 기존에 알려진 발표작과 전혀 다른 문장들이 포함되어 있었다.

미발표 단편작도 포함된 친필 원고의 가치는 결코 돈으로 따질 수 없는 귀한 문화유산이었다.

"오! 정말이지 내 손으로 도스토옙스키의 친필 원고를 읽게 될 줄을 몰랐습니다. 이걸 정말 기증할 생각입니까?"

자신도 모르게 탄성을 내뱉으며 체르노미르딘이 내게 다시 확인하듯 물었다.

"룩오일과 상관없이 기증할 것입니다. 러시아는 비록 제가 태어난 곳은 아니지만 제 조국인 대한민국처럼 사랑하고 있다는 점을 알아주셨으면 좋겠습니다."

내 말에 체르노미르딘의 표정이 달라졌다. 그는 잠시 눈을 감고 생각에 잠겼다.

"오늘 강 대표님에 대한 인식을 다시 하게 되었습니다. 충분한 검토와 조사를 바탕으로 룩오일의 인수 허가를 결정하겠습니다. 도스토옙스키의 친필 원고는 러시아를 대표해서 감사를 전하겠습니다."

체르노미르딘은 룩오일 인수에 대해서는 확답을 주지 않았다.

단지 그의 말처럼 도스토옙스키의 친밀 원고를 넘겨주는 것에 대해 나에게 정중히 인사를 건넸다.

나의 행동은 모두 계산된 것이었다.

룩오일의 인수 허가와 도스토옙스키의 친필 원고를 맞바꾸는 것은 그리 나쁜 거래가 아니라는 생각이 들었기 때문이었다.

체르노미르딘은 처음 접견실에 들어올 때의 모습과 전혀 다른 표정으로 방을 나갔다.

진인사대천명(盡人事待天命)이었다.

내가 할 수 있는 범위 내에서 최선을 다했고 이제 모든 것은 하늘에 달려 있을 뿐이다.

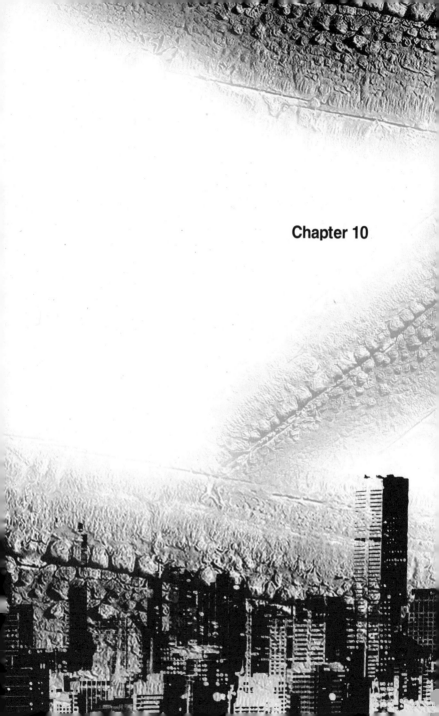

Chapter 10

　체르노미르딘은 만나고 난 후 삼 일이 지났지만 룩오일
의 인수 허가에 대한 결정이 이루어지지 않았다.

　앞으로 이틀 후면 나는 한국으로 돌아가야만 했다.

　룩오일의 인수와 관련된 실무적인 일들은 모두 끝마친
상태였다.

　허가가 떨어지면 곧바로 실사와 함께 구조조정에 들어갈
준비도 갖추어 놓았다.

　"후우! 쉽지 않군."

　스베르 건물에서 내려다보는 모스크바 거리는 활력이 없

었다.

도로 위를 지나는 차량도 적었고 지나는 사람들의 표정들은 생기가 없이 지쳐 보였다.

현재 대다수의 모스크바 시민의 삶은 고달팠다.

그러나 새롭게 만들어진 경비회사 코사크와 세레브로 제련공장은 물론 도시락의 현지 직원들은 그들과 전혀 다른 삶을 살아갔다.

그들 모두가 만족스러운 생활을 하고 있었다.

러시아의 한 달 평균 급료가 2백 80루블에서 3백 루블 사이였다.

우리나라 돈으로 환산하면 22만 원에서 24만 원 정도였다.

한국에 비교해 3~4배의 임금 차이를 보였다.

구소련 때처럼 정부의 배급이 이루어지지 않은 상황에서 물가는 가파르게 상승했다.

한 달 월급으로 식료품을 사고 나면 외식은커녕 다른 일은 전혀 할 수 없었다.

거기에 식량 공급이 원활하지 않아 생활에 필요한 식료품과 생활용품마저 구하는 것도 쉬운 일은 아니었다.

하지만 러시아 현지의 직원들은 저렴한 가격에 식료품을 구매할 수 있게 해주었다.

도시락판매장에서 팔고 있는 제품을 현지 직원들은 20% 정도 싸게 살 수 있었다.

월급도 동종업계보다 적게는 10%에서 많게는 40%까지 더 받아갔다.

식료품 구매에 대한 염려가 없는 직원들의 사기는 높았고 다들 열심히 일했다.

몸으로 직접 체감하고 있는 불경기에서 자신들이 다니고 있는 지금의 회사는 러시아에서 쉽게 찾을 수 없는 직장이었다.

그 때문인지 한국의 직원들보다 러시아 직원들의 나에 대한 충성도는 남달랐다.

김이 모락모락 올라오는 뜨거운 커피를 절반쯤 마셨을 때 전화벨이 울렸다.

"여보세요?"

─축하합니다. 체르노미르딘이 인수 허가를 결정했습니다.

수화기로 너머로 들려온 목소리는 대통령 비서실장인 세르게이였다.

그가 전해준 말은 정말 애타게 기다리던 소식이었다.

"정말 감사합니다. 여러모로 도움을 주신 것을 잊지 않겠습니다."

―하하하! 당연히 도움을 받았으니 도와야지요. 한국에는 언제 들어갑니까?

"내일모레입니다."

―그럼 내일 저녁이나 함께합시다. 강 대표님께 소개해 줄 사람이 있습니다.

"알겠습니다. 시간을 비워놓겠습니다."

―그럼 내일 봅시다.

딸각!

전화가 끊어지자마자 나도 모르게 환호성이 터져 나왔다.

"와― 우!"

한마디로 말하자면 한국의 작은 중소기업이 거대한 러시아의 공룡을 삼킨 것이다.

대한민국의 있는 대기업조차 시도하지 못했던 일을 해낸 것이다.

"무슨 일 있습니까?"

내 환호성을 들었는지 김만철이 대표실의 문을 열며 물었다.

"하하하! 기다리던 소식이 왔습니다. 룩오일의 인수가 결정되었습니다."

"정말입니까?"

김만철이 되물었다. 그동안 룩오일이 어떤 회사인지 김만철도 알게 되었다.

더구나 일본과 미국의 세계적인 기업들이 룩오일의 인수전에 뛰어들어 인수가 어려워졌다는 것도 말이다.

겉으로 내색하지는 않았지만 나도 모르게 룩오일의 문제로 최근 말수가 적어졌었다.

"예, 지금 세르게이 비서실장의 전화를 받았습니다."

"축하드립니다. 이거 한잔해야 하는 것 아닙니까?

"그래야지요. 다들 부르세요."

"알겠습니다."

창밖으로는 노을이 지고 있었다.

붉은 빛깔의 노을이 모스크바시를 감싼 듯이 넓게 퍼져 나갔다.

처음 이곳에 발을 내디딜 때는 막연하기만 했다. 하지만 러시아에서 하나하나 쌓아 나갔던 것들이 나조차 믿기 힘들 정도로 창밖의 노을처럼 확장되고 있었다.

*   *   *

스베르에서 얼마 떨어지지 않은 아코르호텔에 있는 바에 그동안 수고했던 사람들을 모았다.

에스뻬베라는 이름을 가진 이곳에서 종종 술을 마셨었다.

변호사 루이스 정과 회계사 브라이언, 그리고 러시아의 현지 직원들이다.

"자! 오늘은 마음껏 마시고 즐기십시오. 룩오일을 통해서 우리 회사는 더욱 발전해 나갈 것입니다. 자! 룩오일을 위하여!"

나의 말에 직원들 모두가 즐거운 표정으로 잔을 높이 들며 외쳤다.

"룩오일을 위하여!"

"대표님을 위하여!"

함께한 직원들의 얼굴에는 자부심이 가득했다.

"정말 대단하세요. 전 솔직히 인수가 힘들 것이라 생각했습니다."

루이스 정의 말이었다.

그녀는 2주 동안 모스크바에 머물면서 룩오일 인수에 관련된 업무를 진두지휘했다.

그녀는 인수와 관련된 관계자들을 만날 때마다 미국과 전혀 다른 환경 때문에 어려움을 겪었다.

노골적인 뇌물을 요구하는 인물도 있었고 그녀의 말을 이해하지 못하는 관리도 있었다.

해당 관청의 직원이 며칠 사이에 바뀌어 다시 서류를 요구하기도 했다. 이런 상식 밖의 일이 일어나는 곳이 러시아였다.

"다들 열심히 해준 덕분입니다."

"아니요. 대표님의 능력이 제가 생각했던 것 이상이에요. 경쟁사들의 훼방이 장난이 아니었잖아요. 고위 관리를 움직이지 않으면 인수가 안 된다고 들었는데, 도대체 어느 선까지 움직이신 건가요?"

"궁금해요?"

루이스 정은 무척이나 알고 싶은 표정이었다.

"물론이죠. 쟁쟁한 경쟁사들도 러시아 관리들에게 줄을 대었잖아요. 그런 상황에서 우리가 이겼다는 것은 그들보다 더 영향력이 있는 사람을 움직인 거잖아요."

러시아에서 사업을 하기 위해서는 필요한 것이 관리와 마피아와의 관계였다.

"러시아에서 제일 잘나가고 있는 사람 둘을 우리 편으로 끌어들였습니다."

"그렇게 말씀하시면 누군지 알겠어요. 제일 힘 있는 옐친 대통령은 아닐 테고. 사업과 연관된 사람일 텐데 설마 에너지장관을 말씀하시는 거예요?"

그녀가 생각하는 힘 있는 사람의 최고 위치가 인수 허가를 결정하는 에너지장관이었다.

"어디 가서 말하면 안 됩니다. 그 위를 움직였습니다."

"네에! 그 위라면… 설마 연방총리를 말하는 것은 아니지요? 두 사람이라고 했는데…….."

루이스 정도 모스크바에 머물면서 러시아에서 큰 영향력을 행사하는 인물을 알게 되었다.

"제 대답은 거기까지입니다."

내 말에 루이스 정은 머릿속에서 몇 명을 더 생각하는 것 같았다.

사실 러시아에서 가장 영향력 있는 인물들을 만나 룩오일의 인수를 성사시킨 것이다.

내가 만났던 대통령 비서실장인 세르게이나 러시아연방 총리인 체르노미르딘 모두 쉽게 만날 수 있는 인물들이 아니었다.

자정까지 술을 마셨고 에스뻬베에 함께한 직원들은 나에게 축하주를 건넸다.

그 모든 술을 마다하지 않고 마시자 취기가 올라왔다. 취기가 올라왔지만 즐겁고 행복했다.

지금까지 느껴보지 못한 성취감이 온몸을 사로잡았다.

인생의 실패자에서 지금은 누구나가 동경하고 원하는 삶을 살아가고 있다.

어려운 역경에 처해도 이전의 삶처럼 물러서지 않고 주눅이 들지 않았다.

눈앞에 펼쳐진 역경과 어려움에 당당하게 맞섰고 이겨내어 지금의 자리까지 올라섰다.

룩오일은 앞으로 펼쳐질 기업 간의 전쟁에서 첨병이 될 것이다.

룩오일의 인수는 신의 한 수였다.

드디어 세계를 움직이는 파워 중의 하나인 석유가 내 손아귀에 들어온 것이다.

*　　　*　　　*

아침에 일어나자 머리가 지끈거렸다.

아코르 호텔에 위치한 에스뻬베의 술이란 술은 모두 마신 것 같았다.

스베르로 어떻게 돌아왔는지조차 기억이 나지 않았다.

아침에 눈을 떠 보니 숙소였다.

정신을 차릴 겸 지하에 있는 체력단련실로 향했다.

스베르 지하 1층에 직원들을 위한 체력단련실을 갖추어 놓았다.

최신 운동 장비들로 가득한 체력단련실은 모스크바에서

도 찾아보기 힘든 곳이었다.

체력단련실은 대부분 코사크에 근무하는 직원들이 이용하고 있었다.

이른 시간인데도 십여 명의 직원이 나와 운동을 하고 있었다.

그들의 몸은 일반 사람들과 확연히 달랐다.

땀을 흘리며 운동하는 대원들의 몸은 근육질로 뒤덮여 있었고 다들 상반신을 벗은 채였다.

그들의 몸에는 총상을 비롯하여 크고 작은 상처들이 적어도 한두 개씩은 가지고 있었다.

생각지도 못한 나의 등장에 직원들 모두가 일순간 운동을 멈추고는 고개를 숙였다.

마치 마피아의 두목이 부하들에게 인사를 받는 모양새였다.

코사크의 대원들은 다른 러시아 사업체의 직원들보다 충성도가 남달랐다.

코사크는 대원들에게 아낌없는 지원을 하기 때문이다.

코사크의 대원 대부분이 군을 비롯한 내무부와 KGB 산하의 각종 특수부대 출신이었다. 그중에는 고르바초프 대통령을 경호하던 인물도 있었다.

코사크는 그들이 근무했었던 그 어떤 곳보다도 최고의

장비와 근무환경을 제공했다.

더구나 내가 만나는 인물들이 러시아의 최고관리들이라는 것을 자연스럽게 알게 되었다.

며칠 전 크렘린 궁을 방문할 때 나를 경호하던 인물들 모두가 크렘린 궁 안으로 들어갈 수 있었다.

이러한 경우는 한 나라의 국가원수가 아니고서는 불가능한 일이었다.

더구나 누구의 지시가 내려왔는지는 모르지만, 코사크의 대원들의 활동을 경찰들이 간섭하지 않았다.

이러한 모든 상황을 종합할 때 나에 대한 위치와 위상이 러시아에서 어떠한지를 알 수 있는 일이었다.

'후후! 다들 장난이 아니군.'

대원들의 인사를 받으며 나는 러닝머신에 올랐다.

우선은 어제 마신 알코올을 모두 빼내야 했다. 러닝머신에서 30분 정도 빠르게 달리자 땀이 흘러내렸다.

상의가 땀으로 젖자 나 또한 코사크의 대원들처럼 상의를 벗고 달리기 시작했다.

운동을 시작한 지 2년이 넘어섰고, 아침 운동은 어디를 가든 거르지 않았다.

거기에 송 관장에게 배운 호흡법을 꾸준히 해온 지금 내 몸 또한 대원들 못지않은 근육질의 몸을 갖추고 있었다.

내 근육은 보디빌더의 근육 형태보다는 영화배우이자 무술인인 이소룡의 몸처럼 단단한 잔근육 형태의 몸이었다.

대원들은 자신들이 생각한 것보다 내가 멋진 몸을 드러내자 낮은 휘파람과 탄성을 보냈다.

체력단련실 옆으로는 권총 사격장과 대원들의 무술 연마를 위한 대련실이 자리 잡고 있었다.

코사크의 대원들은 쉬지 않고 실력을 연마했고 뒤처지지 않게 노력했다.

그들에게는 지금이 기회였다.

이전의 군대나 조직에 있었을 때의 직위나 직책을 코사크는 인정하지 않았다.

코사크는 오로지 본인의 실력과 회사에 대한 충성도를 보았다.

한 시간 정도 땀을 빼고 나자 나는 대련실로 자리를 옮겨 송 관장에게서 배운 무술 동작을 펼쳤다.

진중한 모습에서 나오는 동작 하나하나에 힘이 느껴졌고 내 몸에서 흘러나오는 기운이 대련실 주변으로 넘실거리듯 퍼져 나갔다.

그 모습에 땀을 흘리며 대련을 펼치던 코사크 대원들이 움직임을 멈추고는 하나둘씩 나를 바라보기 시작했다.

그때 마침 김만철이 대련실로 들어오고 있었다. 그는 내

동작을 살피며 말했다.

"동작이 좀 특이합니다."

김만철의 목소리에 동작을 멈추었다.

"몸은 좀 괜찮으십니까?"

내 기억에 김만철은 티토브 정과 함께 에스뻬베에서 보드카와 양주 다섯 병을 순식간에 비웠다.

"뭐, 머리는 좀 아프지마는 몸은 거뜬합니다."

김만철은 내 물음에 기지개를 켜며 말했다.

"어제는 누가 절 데리고 온 것입니까? 도통 기억이 나지 않습니다."

처음으로 나도 모르게 필름이 끊겼다. 지금까지 단 한 번도 술을 마셔서 이런 적이 없었다.

룩오일에 대한 인수가 확정되자 그동안 목표를 향해 활시위처럼 팽팽하게 당겨져 있던 긴장감이 늘어져 버렸다.

김만철은 내 말에 자신의 머리를 매만지며 생각을 떠올렸다.

"함께 바에서 나온 것까지는 기억이 나는데, 그 이후로는 저도 잘 모르겠습니다. 대표님의 경호원 중에 하나겠지요."

김만철의 말처럼 모스크바에서 나를 경호하는 인물은 모두 일곱이었다.

체첸마피아 조직인 샬리의 공격을 받은 이후부터 달라진 풍경이었다.

새롭게 합류한 체첸인인 막심을 포함하여 대부분이 자신이 속한 조직에서 요인 경호를 전문적으로 했던 인물들이었다.

막심은 구소련의 내무부대테러 특수부대인 알파부대 출신이었다.

그는 내무부의 구조개편이 단행되었을 때에 체첸인이라는 이유만으로 5년 동안 몸담았던 알파부대를 나올 수밖에 없었다.

소련연방의 해체 이후 러시아에서는 체첸인에 대한 편견과 견제가 심해졌다.

그 이면에는 절대로 굴복하지 않는 체첸인들에 대한 두려움이 깔려 있었다.

하지만 코사크는 러시아가 체첸인에 대해 지니고 있는 두려움과 편견을 갖지 않았다.

더구나 코사크는 러시아 마피아와 같은 범죄 집단이 아니었다.

군부에 대한 구조조정으로 일자리를 잃어버린 수많은 퇴역자가 자신의 의지와 상관없이 먹고사는 문제로 마피아에 가담하는 경우가 많았다.

퇴역자 중 정상적인 형태의 기업에서 일하고 싶어 하는 인물들이 코사크에 몰려들고 있었다. 그중에는 숨은 실력자가 상당했다.

"음, 알겠습니다. 오랜만에 한번 겨루어 볼까요?"

김만철과 대련을 몇 번 가졌었다.

"이거, 제 몸 상태가 정상이 아니란 것을 알고 말씀하시는 것 아닙니까?"

김만철의 얼굴에는 피곤한 기색이 역력했다.

"하하하! 잘 아시네요. 이럴 때가 아니면 제가 언제 이겨 볼 수 있겠습니까. 오늘이 그 기회인 것 같습니다."

"조심하셔야 할 것입니다. 상처 입은 맹수가 더 무서운 법입니다."

말은 그렇게 했지만 싫지 않은 표정의 김만철이 사각형 모양의 대련 장소로 올라왔다.

"물론 상처 입은 맹수는 무섭겠지만 아직 술이 덜 깬 맹수와는 다르지요."

"과연 그럴까요?"

김만철이 먼저 움직였다.

몇 발자국 앞으로 다가서던 김만철의 몸이 바닥을 차는 순간 그의 몸은 가볍게 공중으로 떠올랐다.

내가 그 모습에 반응하여 오른쪽으로 몸을 이동하자 김

만철은 공중에서 몸을 회전하며 전광석화처럼 뒤차기를 뻗어왔다.

빠르고 매서운 공격은 술에서 덜 깬 모습이 아니었다.

고개를 뒤로 꺾으며 김만철의 발차기를 피해내자 주변에 있던 코사크 대원들의 탄성이 들려왔다.

김만철의 공격은 거기서 끝나지 않았다.

뒤쪽으로 떨어지자마자 김만철은 나의 움직임을 예상이라도 한 것처럼 연속해서 돌려차기를 했다.

마치 풍차가 바람에 회전하는 듯이 김만철의 발이 멈추지가 않았다.

김만철이 사용하는 무술 동작들은 너무나 효과적이었고 살인적이었다.

어떻게 하면 사람을 가장 쉽고 효과적으로 처치하는가를 연구하는 북한 격술의 특징이 고스란히 묻어나왔다.

단 한 번의 공격을 허용하는 순간 그걸로 끝이었다. 대부분의 공격 부위가 신체 급소를 노렸다.

김만철의 공격은 대련이라고 말할 수 없을 정도였다.

'역시 기회를 주지 않는군.'

선공을 놓친 순간 반격의 기회가 사라진 것처럼 보였다.

하지만 김만철도 연속된 공격을 피해내는 나를 쉽게 보지 않았다.

그도 내가 하루가 다르게 성장하고 있음을 알고 있었다.

어제의 내가 아니었고, 내일도 나는 달라져 있을 것이다. 이것이 젊은 나로 돌아왔을 때의 변화였고 능력이었다.

김만철의 주먹이 마치 미사일처럼 내 얼굴을 향해 따라 붙었다.

김만철 또한 땀을 흘리자 몸이 풀렸는지 공격하는 동작들이 더 빨라졌다.

미간을 향해 날아온 주먹을 손등으로 쳐 내자 이제는 아예 이마로 박치기를 해왔다.

김만철의 모든 몸은 흉기였고 무기였다.

정면으로 날아오는 이마를 양손으로 잡아 안쪽으로 끌어당기듯이 힘을 역이용해 김만철을 그대로 내던졌다.

송 관장에게 배운 독특한 잡기기술 중의 하나였다.

김만철의 몸이 순간 허공에서 팽이 돌 듯이 회전했다. 그때 그의 양발이 가위차기를 하듯 나를 향해 뻗어왔다.

전혀 예측하지 못한 공격이었다.

나의 공격을 오히려 이용하여 더욱 빠른 공격을 선보인 것이다.

세 차례의 발차기가 내 급소를 향했다.

퍽! 퍽! 팍!

하나 그의 공격은 나의 손에 막혀 성공하지 못했으나 나는 그 공격으로 뒤로 미끄러지듯이 밀려나고 말았다.

공격을 막아낸 팔에는 묵직한 느낌이 고스란히 전해졌다.

5분 정도 펼친 대련에서 김만철의 일방적인 공격을 펼쳤지만, 이전의 대련에서처럼 그의 공격은 성공하지 못했다.

"이거 정말, 저 몰래 연습이라도 하시는 것입니까?"

김만철은 날 봐주지 않았고 실전처럼 매서운 공격을 펼쳤다.

"맨날 맞을 수만 있습니까? 저도 방법을 찾아야지요."

"이러다가 정말 제가 바닥에 뻗는 날이 올까 두렵습니다."

김만철은 나의 실력을 인정해 주었다.

우리 두 사람의 대련을 보고 있던 코사크의 대원들은 나의 실력에 놀라는 모습들이었다.

그들은 김만철이 어디에 속해 있었는지 알았고, 체젠마피아 샬리와의 실전과 코사크 대원들을 선발할 때에 실력을 보았었다.

하지만 나의 격투기 실력을 본 사람은 측근 몇 사람뿐이었다.

"너무 엄살을 부리십니다. 김 과장님의 몸이 정상적이지 않은 덕을 본 것이지요."

"제 몸이 정상적이었어도 마찬가지였을 것입니다. 정말이지 대표님은 뭐 하나 못하는 게 없는 사람 같습니다. 이거 평범한 사람들은 어떻게 살아가야 하는지 걱정이 될 정도입니다."

김만철의 말처럼 나는 보통 사람보다 육체적으로나 정신적으로 월등히 강인했다.

거기에 남들보다 머리까지 뛰어났고 미래를 예측했다. 또한 사람들을 이끌어나가는 능력과 통솔력도 남달랐다.

모든 면에서 완벽에 가까웠다.

"하하하! 이거 정말 일부러라도 한 대 맞을 걸 그랬습니다."

김만철의 말에 유쾌한 웃음이 터져 나왔다.

어느 순간부터인지는 모르지만 나는 한계란 것이 설정되지 않은 사람이 되어버렸다.

*　　　*　　　*

세르게이와의 약속을 위해 크렘린 궁에서 얼마 떨어지지 않은 고급 레스토랑으로 향했다.

정부의 고위관리와 모스크바에서 활동하는 기업인들이 자주 찾는 음식점이었다.

파리의 최고급 호텔 중의 하나인 샹그릴라에서 메인 요리장을 한 인물이 세운 보히니아라는 이름의 레스토랑이다.

입구에서 이름을 밝히자 별도로 마련된 특실로 웨이터가 나를 정중히 안내했다.

특실에는 이미 세르게이와 한 사내가 함께 자리하고 있었다.

서른 중반의 나이로 보이는 사내는 세르게이가 전화로 소개를 해주겠다는 인물로 보였다.

그는 금발이었고 무척이나 강인한 모습이 풍겨왔다.

김만철을 처음 보았을 때처럼 말이다.

세르게이는 나를 반갑게 맞아주었다. 이제는 그와 한층 더 가까워진 느낌이었다.

"룩오일의 인수를 축하합니다."

세르게이는 나에게 악수를 청하며 말했다.

"모든 게 비서실장님이 힘써주신 덕분입니다. 앞으로도 잘 부탁드리겠습니다."

"하하하! 오히려 제가 해야 할 말입니다. 앞으로 러시아에서 큰 기업을 이끌어 가실 게 아닙니까? 저 같은 정치인이야말로 강 대표님과 관계를 잘 맺어놓아야지요."

세르게이는 호쾌하게 웃으며 말했다.

러시아의 경제를 활성화하기 위해 러시아는 국영 기업과 정부 소유의 공장들에 대한 민영화가 진행 중이었다. 1992년부터 94년까지 민영화가 가장 활발했다.

1991년에서 1995년까지 소규모 민영화가 이루어졌고 1993년에서 1994년 1월까지 바우처(국민주)를 통한 대규모 민영화를 진행했다.

어찌 보면 법 제도가 아직 갖춰지지 않은 상황에서 바우처를 통한 룩오일의 인수는 큰 특혜였다.

더욱이 정부 소유의 공기업이 민영화되는 단계에서 근로자들에게 50%를, 정부와 외부 주주에 41%, 그리고 나머지 9%의 주식이 경영자에게 각각 배당되었다.

하지만 나는 룩오일의 주식을 25% 이상 소유하고 있었다.

앞으로 룩오일의 주식을 50% 이상 소유하기 위해서 근로자들에게 주식을 사들일 것이다.

러시아의 공기업을 사들였던 자본가들도 인수한 회사의 자금을 이용하여 근로자들에게 배분된 주식을 헐값에 사들여 지배 구조를 강화했다.

룩오일의 외부 주식 중 2% 정도를 세르게이가 사들여 소유하고 있었다. 그가 나를 적극적으로 지원한 이유 중 하나가 여기에 있었다.

노련한 세르게이는 나의 탁월한 경영 능력을 간파하고 있었다.

정확한 것은 모르겠지만 옐친 대통령 또한 차명계좌를 통해 룩오일의 지분을 가지고 있을 확률이 높았다.

"하하하! 그런가요. 앞으로 룩오일을 통해서 러시아의 경제에 도움이 될 수 있도록 노력하겠습니다."

"강 대표님만 같은 분이 러시아에 계시면 이 나라는 지금의 어려움을 이른 시일 내에 헤쳐 나갈 수 있을 것입니다."

"훌륭하신 분들이 러시아를 이끌어 가고 계시니 지금의 혼란은 금세 가라앉을 것입니다."

"하하하! 그럴 것입니다. 그리고 이쪽은 벨라프 이반입니다."

나의 말에 흡족한 웃음을 짓은 세르게이는 동석한 인물을 소개해 주었다.

"이반이라고 불러주십시오."

이반은 나에게 악수를 청했다.

"강태수라고 합니다."

그의 손은 단단했고 힘이 느껴졌다.

"이반은 고르바초프 대통령을 경호하던 경호실의 팀장이었습니다. 내부적인 사정으로 자리에서 물러났지만 경호 임무에서는 최고의 실력자입니다. 이대로 실력을 썩히는 것이 아까워 대표님께 소개해 드리려고 제가 모스크바로 불렀습니다."

고르바초프가 러시아의 권력에서 밀려나자 그를 따르던 인물들도 자연히 자리에서 물러났다.

이반 또한 자신의 의사와 상관없이 정치적인 혼란에 따른 희생양이 되어 경호팀에서 나올 수밖에 없었다.

잠시 동안 고향인 소치에 내려가 있던 이반은 대통령 비서실장인 된 세르게이와 친분이 있었다.

이반은 그와 함께했던 대통령 경호실 경호팀과 모스크바에서 경호 회사를 운영하려 했지만, 자금 상황이 여의치 않아 보류 중이었다.

세르게이는 1시간 정도 자리에 함께한 후에 레스토랑을 떠났다.

자리에는 나와 이반이 남아 이야기를 계속 나누었다.

"움직일 수 있는 인원은 몇 명이나 됩니까?"

"저와 함께 나온 친구들은 아홉 명입니다. 그중에 함께하기로 한 인물은 일곱입니다. 다들 실력이 뛰어난 자들입니다."

이반은 자신 있게 말했다.

그도 그럴 것이 한 나라의 대통령을 경호하던 인물들이었다.

"코사크는 실력을 갖춘 인물이라면 언제든지 환영합니다. 하지만 이전에 가졌던 직책과 명성은 인정하지 않습니다. 철저하게 코사크의 사람으로서 다시 태어나야 받아들일 수 있습니다."

"물론입니다. 실력으로 인정받는 것이 합당하고 당연한 일입니다."

"또한 입사를 위해서는 코사크의 테스트를 모두 거쳐야 합니다."

"회사의 모든 규정을 받아들일 것입니다."

"좋습니다. 그럼 내일 오전 코사크에 다시 만나는 것으로 하지요."

"감사합니다. 대표님을 실망시켜 드리지 않을 것입니다."

이반은 팀장으로서 자신의 팀원들을 끝까지 책임지고 싶었다. 그들은 이반을 믿고 함께 경호실을 나왔기 때문이다.

코사크에도 이반과 같은 팀을 운영하고 꾸려갈 수 있는 책임감 있는 인물이 필요했다.

더구나 룩오일의 인수로 인하여 경비와 경호 인력이 더욱 필요하게 되었다.

*　　　*　　　*

이반과 코사크에 입사를 원하는 일곱 명의 인물이 오전 9시에 코사크 본사인 스베르에 도착했다.

특수부대 출신의 인물들과는 달리 그들은 좀 더 부드럽고 샤프한 느낌을 지니고 있었다.

이미 코사크에 근무하고 있는 대통령 경호실 출신의 대원에게서 이반에 대한 이야기를 전해 들었다.

실질적으로 이반이 대통령 경호실을 나오게 된 주된 이유는 자신의 휘하에 있는 팀원의 작은 실수와 그를 시기하던 다른 팀장의 견제 때문이었다.

이반은 세르게이가 말한 것처럼 능력 있고 책임감이 강한 인물이었다. 또한 부하들에게도 신망이 높았다.

코사크는 경호와 경비 업무를 나누어서 하고 있었다.

전반적으로 특수부대 출신이 많은 상황에서 경호 업무를 맡길 인원이 부족한 상황이었다.

전문적인 경호 업무는 특수부대에서 침투와 요인 암살, 그리고 폭파 임무를 주로 담당했던 코사크의 인물들에게는 힘든 부분이 있었다.

코사크에서 별도로 경호 업무에 대해 따로 교육을 받고 있었지만, 업무의 특성상 적성에 맞지 않아 힘들어하는 이들이 적지 않았다.

이반과 그의 팀원이 코사크에 들어오면 경호 업무 분야가 크게 활성화될 것이다.

더구나 경호 업무에 적성에 맞지 않는 인물들을 경비 업무로 돌릴 수 있었다.

이반과 그의 팀원들은 코사크에서 정한 입사 테스트를 거쳤다.

모두가 만족할 수준으로 테스트를 통과했다. 그 누구도 특혜 없이 입사 테스트를 거치자 코사크에 근무하는 직원들은 회사의 공평성에 만족해했다.

나는 새로운 인원들의 면접을 끝내고 이반과 자리를 함께했다.

"저희를 받아주셔서 감사합니다."

이반은 나에게 인사를 건넸다.

"저는 공평하게 처리했을 뿐입니다. 입사를 하게 되면 한 달간은 코사크의 교육과 훈련을 받아야 합니다."

"당연히 최선을 다해 임할 것입니다. 코사크와 대표님을 위해 제가 가진 모든 걸 쏟아내겠습니다."

"지금의 한 말을 끝까지 지켜낸다면 제가 해줄 것이 많을 것입니다. 코사크의 입사를 축하합니다."

나는 이반에게 손을 내밀어 악수를 청했다. 그는 내 손을 잡으며 고개를 숙였다.

그는 나의 말을 잘 이해했다.

이미 이반은 내가 러시아에서 벌이는 사업과 어떤 위치에 있는지를 세르게이에게 들어 알고 있었다.

*　　　*　　　*

러시아를 떠나기 전날 나는 룩오일의 사장을 해고하고 임원을 교체했다.

사전에 룩오일에 대한 조사를 해두었던 덕분에 경영진의 문제점도 파악하고 있었다.

러시아의 국영 기업들의 방만한 경영의 특징을 고스란히 갖추고 있는 회사였다.

불필요한 인력 채용에서부터 과도한 성과급과 퇴직금 지급은 물론 회사에서 사용하는 물품들을 시장에 몰래 내다 팔기까지 했다.

거기에다 외형 확대에만 급급한 나머지 사업성도 제대로 검토하지 않은 채 무리한 투자를 감행했다.

그 결과 룩오일은 원유채굴권과 유정이 아닌 주변 인프라도 갖추어지지 않은 곳에 위치한 많은 광산을 소유하게 되었다.

또한 유정과 채굴작업이 이루어지고 있는 지역에 호텔들

도 소유하고 있었다. 임직원의 출장과 업무를 효율을 위해 사들인 것이다. 하지만 대부분 휴가철에만 이용하는 용도로 전락했다.

가장 심각한 것은 업무에 맞지도 않은 인원들을 특혜를 주어 채용한 후 놀리고 있었다.

룩오일 전체 인원의 3분의 1을 줄여도 회사가 돌아가는 데는 전혀 문제가 없었다.

룩오일의 가장 큰 문제점은 과잉 인건비 지급과 부채를 유발하는 과도한 사업 때문이다.

거기에 하나를 더 보태면 일에 대한 결과를 누구도 책임을 지지 않았다.

나는 그나마 자기 일에 충실하게 임했던 2명의 임원을 스베르로 불러들였다.

두 사람의 이름은 예고르와 니콜라이였고 나이는 둘 다 40대 중반이었다.

"제가 두 분을 여기로 부른 이유를 알고 있습니까?"

두 사람은 내 말에 긴장하는 눈빛이 역력했다.

두 사람이 이곳으로 오기 전 룩오일의 일곱 명의 임원 중에서 다섯 명이 해고 통지를 받았다.

"잘 모르겠습니다."

"저도 부르신 이유를 모르겠습니다."

두 사람은 룩오일에 대한 모든 열쇠를 쥐고 있는 나를 어려워했다.

그도 그럴 것이 룩오일의 인수가 이루어지고 있을 때에 나에 대한 소문을 들었기 때문이었다.

소문은 내가 러시아 최고위층의 비호를 받고 있다는 말이었다.

그도 그럴 것이 일본과 미국의 거대 기업들을 따돌리고 룩오일의 인수에 성공한 것이 그에 대한 증거이기도 했다.

"룩오일은 이제 바뀌지 않으면 살아남을 수 없습니다. 이전처럼 정부의 지원도 기대할 수 없는 상황입니다. 룩오일이 자체적으로 수익을 내어야만 여기 계신 두 분뿐만 아니라 룩오일에 근무하는 직원들 모두가 생활해 나갈 수 있습니다."

두 사람은 내 말에 고개를 끄떡였다.

내 말처럼 룩오일은 민영화가 이루어졌기 때문에 러시아 정부에서 지급하던 보조금을 앞으로는 받을 수 없었다.

룩오일은 하루라도 빨리 비용 절감 및 효율성 재고를 이루어야 했다.

"현재 이런 상태로는 룩오일은 이익을 낼 수 없습니다. 제출된 서류를 봤을 때에 가장 시급한 문제는 과잉 인력의 축소입니다. 또한 적자가 지속되고 있는 사업장을 과감하게 폐쇄하는 것입니다. 제가 다시 모스크바로 돌아올 때까지 두 분이 하셔야 할 일입니다. 회사에 불필요한 인원과 사업장을 정리하십시오. 누가 필요하고 불필요한지는 두 분이라면 잘 아실 거라 생각됩니다."

이미 사장과 그의 측근들을 해고했기 때문에 두 사람이 일하기에는 편했다. 해고된 인물들은 구소련의 낙하산 인사였었다.

"언제쯤 돌아오시는 것입니까?"

기술자 출신인 예고르가 물었다.

"한 달 후로 예상하시면 됩니다."

"솔직히 어떤 식으로 해야 할지 잘 모르겠습니다."

니콜라이가 조금 어두운 표정으로 물었다.

그는 관리부서 임원이었지만, 실질적인 권한을 갖지 못했다.

"오늘처럼 제가 두 분을 부른 것처럼 회사에 충실하고 맡은 자리에서 열심히 일한 사람들에게 물으시면 됩니다. 인정과 친분이 아닌 회사를 다시 되살릴 수 있는 사람들이 회사에 필요합니다. 그래야만 룩오일은 다시금 살아날 수 있습니다."

"무슨 말씀인지 알겠습니다."

니콜라이가 고개를 끄떡이며 말했다.

그 또한 러시아의 앞날이 한 치 앞을 내다보기가 힘들다는 것을 잘 알고 있었다.

쿠데타를 저지하고 옐친이 정권을 잡았지만, 쿠데타에 대한 여파가 아직도 계속되고 있었다.

한마디로 러시아는 혹독한 겨울을 맞이하고 있었다. 이러한 상황에서 회사가 문을 닫거나 일자리를 잃어버리면 먹고살기는 무척이나 힘든 일이었다.

더구나 룩오일은 두 사람의 청춘이 고스란히 묻어 있는 곳이었다.

"그럼 두 분을 믿고 있겠습니다. 명심해야 할 것은 룩오일은 사망 진단을 받은 시한부 환자와 같습니다. 저와 여기 계신 두 분은 물론 룩오일의 직원 모두가 최선을 다하지 않는다면 룩오일은 사망할 것입니다."

룩오일의 경영 상태는 생각했던 것보다 심각했다. 그에 맞는 처방을 하지 않는다면 룩오일을 정상으로 돌릴 수가 없었다.

먼저 룩오일이 살아나야만 회사에 남은 자들도 살 수 있다.

두 사람을 돕기 위해 도시락 모스크바 지사의 직원들이 룩오일에 파견되었다.

내가 다시 모스크바로 돌아올 때까지 룩오일은 달라져야

만 했다.

룩오일이 가지고 있는 잠재력이 깨어난다면 러시아는 물론 세계적인 석유 회사의 위치에 당당히 올라설 수 있을 것이다.

*   *   *

룩오일의 인수를 확정 짓고 서울로 돌아왔다. 조금 더 모스크바에 머물러야 했지만, 한국에서 처리해야 할 문제가 있었다.

어느 순간부터 국내에만 머물 수 없는 처지가 되어버렸다.

이러다가 미국의 닉스까지 활성화되면 해외에 머물러야 하는 시간이 더 늘어날 것 같았다.

국내 신문에는 룩오일에 인수와 관련된 기사가 나지 않았다.

러시아와 관련된 기사들은 쿠데타 이후 크게 취급하지 않았다.

하지만 일본의 신문에는 도시락이 룩오일의 인수를 확정 지었다는 기사가 났다.

나는 러시아를 떠나오기 전 블라디보스토크에 머물고 있

는 블리노브치에게 안부 겸 부탁을 하기 위해 전화를 했다.

안기부의 박영철 차장이 부탁했던 일을 처리하기 위해서였다.

블리노브치는 블라디보스토크와 연해주 지역에서는 웬만한 정치인과 군 장성보다도 영향력이 컸다.

블리노브치가 회복되자 그의 조직은 모스크바 진출에 더욱 박차를 가했다.

모스크바에서 벌어지고 있는 러시아 마피아와 체첸 마피아와의 전쟁이 그의 행보에 큰 도움을 주었다.

체첸 마피아와의 전쟁에서 이기기 위해 러시아 마피아들은 그의 모스크바 진출을 적극적으로 도왔다.

하지만 내가 볼 때는 늑대를 쫓아내기 위해 호랑이를 끌어들이는 것처럼 보였다.

거기다 아무래도 부상당한 안기부 요원의 한국행을 대통령 비서실장인 세르게이에게 부탁하기에는 민감한 사항이었다.

다행히 블리노브치는 나의 부탁을 흔쾌히 허락했다.

다만 어떠한 방식으로 안기부 요원을 한국으로 보낼지는 알 수 없었다.

*　　　*　　　*

밤 11시가 다 되어서야 김포공항에 도착할 수 있었다.

이번에도 김만철과 티토브 정이 함께했다.

두 사람이 나를 그림자처럼 따르는 것은 나의 안전을 위해서였다.

마피아가 없는 한국은 러시아보다 안전한 곳이었지만 이곳에는 흑천이 있었다.

언제, 어느 때에 나의 목숨을 위태롭게 했던 도운과 같은 인물이 나타날지 몰랐다.

송 관장의 집이 있는 동네까지 동행했던 두 사람은 항상 머물던 호텔로 향했다. 호텔은 송 관장의 집에서 그리 멀지 않은 곳에 있었다.

택시를 탔지만 송 관장의 집에는 자정이 넘어서야 도착할 수 있었다.

집 안의 불이 모두 꺼져 있었다. 나는 발소리를 내지 않고 조용히 집 안으로 들어갔다.

가인이와 예인이는 깊은 잠에 빠졌는지 내가 온 것을 모르고 있는 것 같았다.

여행용 가방을 들고는 2층에 위치한 내 방으로 향했다.

늘 느끼는 것이지만 장시간 비행기를 타고 오는 날이면 피곤함이 한꺼번에 몰려오는 것 같았다.

입고 있던 잠바와 바지를 벗자마자 불을 켜지도 않고, 씻을 생각도 없이 그대로 침대 위로 누워 버렸다.

그때였다.

몸 아래로 물컹거리는 물체가 느껴졌다.

순간 너무 놀라 벌떡 일어나 문 옆에 위치한 전등 스위치를 켰다.

"뭐냐?"

방 안이 밝아지자 물컹거렸던 물체의 정체가 확연히 드러났다.

"아이! 잘 자는 사람을 깨어놓고 뭐야?"

짜증 섞인 목소리로 말하는 사람은 바로 가인이었다.

"네 방 놔두고 여기서 뭐 하는 거야?"

"여기가 잠이 잘 오고 편해서. 지금 온 거야?"

이불 위로 고개만 빼꼼 내민 가인이는 대수롭지 않게 말했다.

"방금 왔는데, 정말 깜짝 놀랐잖아."

"남자가 뭘 그렇게 놀래. 불 좀 꺼줄래? 오늘 너무 피곤해서 말이야."

가인이는 무척이나 졸린 목소리로 말했다.

"안 내려갈 거야?"

"피곤하고 귀찮아. 그리고 이불 속이 따뜻해졌다고."

가인이는 이불을 목 위로 끌어당기며 말했다.

"그럼 난 어디서 자라고?"

"아빠 방에 가서 자. 아니면 여기서 자든가. 그리고 불이 나 꺼. 팬티 자랑하지 말고."

너무 놀란 나머지 잠시 내가 팬티만 입고 있는 걸 잊고 있었다.

"아! 정말이지 내가 졌다."

꿈적도 하지 않는 가인에게는 별수 없었다.

나는 바지를 챙겨 입고서는 송 관장의 방이 있는 1층으로 내려올 수밖에 없었다.

일 년이 넘게 비어 있는 송 관장의 방은 싸늘했다.

방 안은 왠지 보일러의 기운이 전혀 느껴지지 않았다. 더구나 방 안에 있던 이불은 겨울용 이불이 아닌 여름 이불뿐이었다.

이불을 두 개를 깔았지만 찬기가 온몸을 타고 올라왔다.

오히려 난로가 켜져 있는 거실이 더 따뜻할 것 같았다.

"아우! 추워. 여기에 있다가는 잠은커녕 감기에 걸리기 딱이네."

아마도 보일러의 문제로 송 관장의 방은 난방이 안 되는 것 같았다.

나는 이불을 챙겨 나와 소파 위에 몸을 눕혔다. 몸이 불편하기는 했지만 송 관장의 방보다는 나았다.

온기가 느껴지는 난로 위의 물주전자에서는 김이 모락모락 올라오고 있었다.

"후! 러시아가 편했어. 거기서는 어딜 가나 대접을 받았는데."

영화 속의 한 장면처럼 러시아에서는 내가 이동할 때마다 8~10명에 가까운 경호 인력이 함께 움직였다.

러시아에서는 어딜 가도 극진한 대접을 받았고, 현지 직원들 모두가 나에게 고개를 숙였었다.

하지만 한국은 달랐다. 아니, 송 관장의 집에서만 유독 달랐다.

'왜 그럴까? 가인이 앞에만 있으면 평소의 내 모습이 아니니……'

생각은 거기까지였다.

무거워진 눈꺼풀이 나도 모르게 스르륵 잠겨 버렸다.

집으로 돌아왔다는 안도감과 익숙한 냄새가 나를 깊은 잠으로 인도했다.

가인이와 예인이가 있는 이곳이 어느 순간부터 엄마가 머물고 있는 집처럼 아늑하고 편안한 곳이 되어버렸다.

*　　　*　　　*

온몸이 찌뿌듯했다.

역시나 소파는 침대만큼 편안한 곳이 아니었다.

기지개를 켜고 일어나니 내 몸 위로 따뜻한 모포가 얹어져 있었다.

집 안은 무척 조용했다.

가인이와 예인이는 아침 운동을 하러 나간 것 같았다.

특별한 경우가 아니면 가인이와 예인이는 아침 운동을 절대 거르지 않았다.

"벌써 시간이 이렇게 됐네."

벽에 걸린 시곗바늘이 아침 8시를 향해 가고 있었다.

자리에서 일어나 화장실로 향할 때였다.

문이 열리며 운동을 마친 가인이와 예인이가 들어왔다.

"일어났네. 많이 피곤했나 봐? 안 골던 코까지 골면서 자고."

가인이가 신발을 벗으며 말했다.

어느새 단발이었던 가인이의 머리가 어깨 아래까지 자라 있었다.

어젯밤에는 이불을 덮고 누워 있어서인지 잘 보지 못했다.

긴 머리 또한 무척이나 잘 어울리고 우아해 보이기까지

했다.

"그랬어."

"상당히 추웠지? 방에 들어와서 두꺼운 이불이나 가지고 가지 그랬어."

예인이가 환한 웃음을 머금고 말했다. 예인이도 머리카락이 더 풍성해져서 그렇진 이전보다도 성숙함이 물씬 풍겨왔다.

"괜찮아. 이 정도는 러시아에 비하면 추위도 아니지."

에이치!

말이 끝나기가 무섭게 기침을 했다. 그러고는 주책없이 콧물까지 도르르 흘러나왔다.

'아! 여기서는 뭘 해도 안 되는구나.'

나는 두 사람의 입꼬리가 올라가는 찰나에 부랴부랴 화장실로 들어갈 수밖에 없었다.

아침은 내가 좋아하는 김치찌개가 식탁에 올라왔다.

돼지고기가 듬뿍 들어가고 고추장을 얼큰하게 풀어서 만든 예인이표 얼큰 김치찌개였다.

모스크바에 있을 때 늘 생각나던 음식이었다.

"야! 정말 먹고 싶었다."

"그럴 것 같아서 미리 준비해 놓은 거야. 돼지고기도 제주도산 흑돼지야."

예인이의 말이 떨어지기 무섭게 수저로 찌개를 떠서 입 안에 넣었다.

머릿속에서 상상했던 맛이 혀에 고스란히 느껴졌다.

"그래! 이 맛이야. 정말 맛있다."

"많이 먹어. 넉넉하게 끓였으니까."

"예인이는 분명 시집을 잘 갈 거야. 요리를 이렇게 잘하고 예쁘기까지 하니, 남자들이 서로 데려갈걸."

"난 날 좋아하는 사람보다 내가 좋아하는 사람한테 시집 갈 거야."

예인이는 평소와 달리 내 말에 바로 반응을 보였다. 예인이는 남자 친구나 남자 이야기에 그다지 반응하지 않았었다.

"좋아하는 사람 생겼구나?"

나는 가인이를 슬쩍 쳐다보며 물었다. 지금도 예인이를 따라다니는 남자가 적지 않았다.

가인이는 고개를 좌우로 돌리며 모른다는 표정이었다.

"그럼 없겠어? 뭐 지금은 혼자 하는 짝사랑이지만 말이야."

예인이가 나에게 오히려 반문하며 말했다.

"누군지 정말 궁금하네. 예인이가 짝사랑이라는 게 어울리지 않는다. 하여간 어떤 남자인지 정말 복 받았다. 그리고 오늘 김치찌개는 정말 예술이다."

나는 다시 큼지막한 돼지고기를 건져 먹었다.

그런 내 모습을 바라보며 웃음 짓는 예인이의 눈빛이 순간 흔들렸다. 하지만 식탁에 앉아 있는 그 누구도 알지 못했다.

커다란 밥공기에 한가득 담은 밥을 두 그릇이나 비우고야 식탁에서 일어났다. 김치찌개도 바닥을 드러내게 하였다.

정말 이런 포만감은 참으로 오랜만에 느꼈다.

"후! 너무 먹었나 봐."

나는 탱탱해진 배를 두드리며 말했다.

"이 배에 그게 다 들어가긴 들어가네."

가인이가 내 배에 손을 얹으며 말했다.

"너도 외국에 나가보면 알아. 한국 음식이 얼마나 먹고 싶은지 말이야."

"그렇게 먹고 싶은데 어떻게 버틴 거야?"

"열심히 일하면서 잠시 잊은 것뿐이지."

"사업은 잘되고 있어?"

"생각했던 것보다는 괜찮아. 문제는 러시아의 사업장에 신경을 써야 할 때인데, 개강을 하면 시간이 나지 않는 것이 문제지."

"러시아에는 회사가 몇 개나 되는 거야?"

"네 개인데 앞으로 더 늘어날 수 있어."

세레브로 제련공장과 코사크 경비회사, 룩오일, 그리고 소빈뱅크까지 네 개였다.

엄밀히 말하면 도시락 생산 공장이 모스크바 근교에 세워지고 있어 다섯 개로 봐야 했다.

"우아! 한국에도 회사가 다섯 개잖아?"

모과차를 가지고 오던 예인이가 놀라며 물었다.

"맞아, 그래서 오빠가 걱정이다. 학교도 다녀야 하고 사업도 해야 하니."

"하나가 빠졌어."

옆에 앉아 있던 가인이가 말했다.

"뭐가 빠졌는데?"

"군대도 가야 하잖아."

가인이가 전혀 생각지도 못한 것을 상기시켜 주었다.

대한민국 남자라면 반드시 가야 하는 군대를 전혀 생각하지 못하고 있었다.

"아! 그렇구나. 내가 거기까지 생각을 하지 못했네."

"너무 걱정하지 마. 아직 군대 가려면 시간이 많이 남았잖아. 요새 뉴스 보니까 입영대상자가 너무 많아서 군 입영이 늦어지고 있다던데."

예인이가 모과차를 나에게 건네며 말했다.

사실이었다.

이 당시 입영 대상자에 해당하는 70~72년생이 너무 많았다.

군대 이야기가 나오자 나도 모르게 한숨이 나왔다.

"휴! 그래도 군대를 생각하니까 갑자기 갑갑해진다."

"걱정하지 마. 면회는 꼬박꼬박 가줄 테니까."

가인이가 별거 아니라는 말투로 말했다.

"나도 맛있는 것 많이 만들어서 자주 면회 갈게."

그나마 예인이가 위로하듯 말을 던졌다.

앞으로 올해가 아니면 1~2년 안에 입영통지서가 날아올 것이 분명했다.

'이런 제기랄! 군대를 두 번이나 가게 생겼네.'

과거로 돌아오기 전에 나는 12사단(을지부대)에 속해서 인제 원통에서 군 복무를 했었다.

군 시절 기억나는 것은 끝없이 내리는 눈을 치운 것밖에 없었다.

"음, 방법을 좀 찾아봐야겠어."

"무슨 방법?"

가인이가 물었다.

"입대를 연기하는 방법 말이야. 앞으로 1~2년이 무척 중요하거든."

러시아의 룩오일과 소빈뱅크를 정상화시키는 문제와 미국 닉스 법인을 설립해야 하는 일까지 해야 할 일이 한둘이 아니었다.

국내 사업장들도 또한 아주 중요한 시기였다.

"그래야겠네. 직원들이 군대로 결재를 받으러 오면 그것도 웃기겠다."

가인이가 농담으로 말했지만 정말 그럴 수도 있겠다는 생각이 들었다.

확실히 군대 문제는 반드시 해결해야 할 아주 중요한 문제였다.

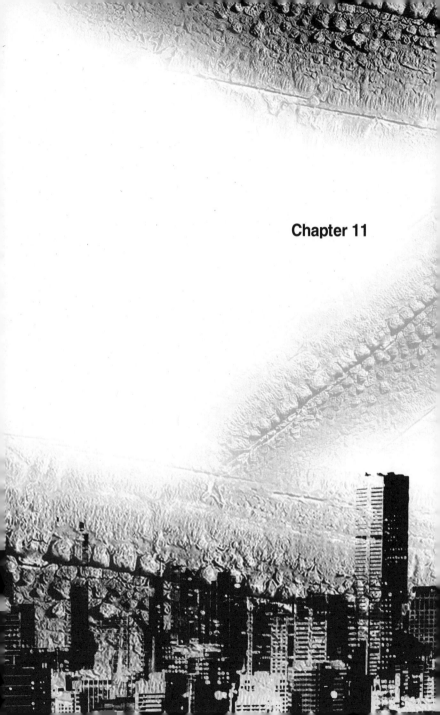

Chapter 11

어느새 개강이었다.

대학에 들어온 지도 어느새 1년이 훌쩍 지나가고 2학년
이 되는 날이었다. 또한 오늘부터는 가인이와 예인이 함께
학교로 향하는 날이기도 했다.

두 사람은 휴일 날 백화점에 가서 구매한 멋진 옷으로 한
껏 치장했다.

내가 닉스에서 가져온 출시 예정인 신발까지 신은 두 사
람의 모습은 그야말로 완벽했다.

고등학교에 다닐 때에도 가인이와 예인이의 미모는 어디

를 가나 눈에 띄었다. 길을 가다가도 많은 대학생과 남학생들의 애정공세를 시달렸었다. 그들 모두가 용기를 내어 말을 걸었지만, 누구도 두 사람의 호감을 얻지 못했다.

더구나 가인이와 예인이의 외모는 우아하면서 도도한 모습을 지니고 있어서인지 쉽게 말을 붙이기가 어려웠다.

한마디로 일반사람에게서 볼 수 없는 아우라가 겉모습에서 뿜어져 나왔다.

학교로 향하는 내내 주변의 시선에도 아랑곳하지 않고 가인이와 예인이는 내 팔짱을 사이좋게 나누어 끼었다.

버스에서 내려 교문을 들어서는 순간까지 두 사람은 내 옆에서 떨어지지 않았다.

나를 향한 사람들의 시선이 느껴졌고 다들 저놈은 뭐하는 놈일까? 하는 표정이었다.

"이제 팔은 좀 놓을까."

지나가는 사람 모두가 나만 바라보는 것 같았다. 아니 실제로 그랬다.

"왜? 우리가 부담스러워?"

가인이가 날 뚫어질 듯 바라보며 물었다.

"그게 아니라. 학교에서는 교수님들도 다니고 선배들도 뭐라 할 수 있으니까."

"남자가 뭐 그런 걸 신경을 써. 뭐라고 하면 내가 대신 말할 테니까 걱정하지 마."

가인이는 내 말에도 아랑곳하지 않고 더욱 내 팔을 자신 쪽으로 끌어당겼다.

"난 아쉽지만 여기서 오빠의 팔을 놓아주어야겠다. 난 저 리로 가야 하거든."

아쉬운 표정의 예인이가 손을 들어 가리킨 곳은 법학과 가 있는 건물이었다.

"어, 그래. 첫날이니까 별것 없을 거야. 점심은 어떻게 할 래?"

"걱정하지 마. 새로운 친구들하고 먹을게"

예인이는 내 말에 밝게 웃으면서 말했다.

"그래. 그러면 이따 집에서 보는 걸로 할까?"

"어, 그러지 뭐."

예인이가 법학과가 건물이 있는 위쪽 길로 걸어갔다.

"난 점심 같이 먹는다."

가인이는 내가 묻기도 전에 일방적으로 말했다. 이미 가 인이는 나와 함께 들을 수 있는 강의들로 시간표를 짜놓았 다.

바꿔 말해서 내가 가인이가 듣는 교양과목의 강의를 들 어야만 했다.

"어, 당연히 그래야지."

"그렇지. 그러면 우리도 발맞춰서 가볼까요."

'팔짱을 뺄 생각이 없네.'

"그래."

가인이는 내 말에 더욱 밀착해서 걸었다.

첫 강의는 다행히 가인이와 함께하지 않아도 되었다. 가인이가 2학년이 되어야 들을 수 있는 강의였다.

나는 오랜만에 보는 친구들과 인사를 나누고는 자리에 앉았다. 그때 친한 동기이자 앞으로 함께 일하게 될 이동수가 강의실에 들어오자마자 내 옆자리에 재빨리 앉았다.

"야, 들었어?"

동수는 안부 인사를 건네지도 않고 다짜고짜 질문을 던졌다.

"뭐 말이야?"

"신입생 중에서 퀸카가 들어왔데. 정말 얼마나 예쁜지 영화배우 저리 가란다. 법학과에도 십 년간 볼 수 없었던 선녀가 하늘에서 내려왔다고 난리란다."

동수가 말하는 사람들이 누구인지 바로 알 수 있었다.

"난 별로 관심 없다."

"반응이 왜 그래. 겨울방학 동안에 도 닦고 왔냐?"

"도 닦을 시간조차 없었다. 그리고 여자가 예뻐 봤자 거기서 거기지."

"실물을 본 친구가 그러는데 정말 서울대 개교 이래 그런 외모가 없단다."

"여자에게 관심이 없던 놈이 갑자기 왜 그러냐?"

"관심 없긴. 생활 전선에 너무 신경을 쓰다 보니까 잠시 관심을 접었던 거지."

"그래 생활은 좀 폈냐?"

"내 모습을 보면 모르냐?"

동수는 자리에서 일어나 몸을 한 바퀴 돌리고는 신고 있는 신발을 내보였다.

동수가 신고 있는 신발은 닉스에 나온 남성용 스니커즈였고 입고 있는 옷도 메이커였다.

작년에 세탁을 자주 하지 않아도 되는 국방색 잠바나 교련복 스타일을 입고 다녔던 때와는 전혀 다른 모습이었다.

"복권이라도 맞은 거야?"

"복권이라면 복권이지. 내가 가르쳤던 애들이 성적이 부쩍 올랐거든. 뭐 그러다 보니 여기저기서 과외를 부탁해 오고 과외 단가도 올랐다."

동수는 과외로 용돈과 학비를 충당할 수 있게 되었다.

이전했던 농수산물 배달이나 호프집 아르바이트와 비교해 수입도 상당이 늘었다.

"이젠 살 만하겠다."

"그래 인마. 이젠 형한테 먹고 싶은 것 있으면 다 말해. 오늘부터 내가 살 테니까."

"그래서 살림도 나아졌으니, 본격적으로 연애를 해보시려고?"

"여기에 잠시 보관해 두었던 낭만을 다시 꺼내는 거지."

동수는 손으로 자신의 가슴을 가리키며 말했다.

그때였다.

늘 함께 다니는 청운회의 멤버들이 강의실로 들어왔다.

백단비와 한수연도 함께였다. 내가 앉아 있는 걸 봤지만 두 사람은 날 아는 체하지 않았다.

롯데백화점에서 우연히 마주쳤었던 백단비와 한수연은 애써 날 피하는 눈치가 역력했다.

사실 방학이 끝나고 다시 백단비와 마주친다는 것이 조금 부담이 된 건 사실이다.

백단비는 여자임에도 불구하고 1년 동안 나에게 관심을 표했고 좋아한다는 고백을 했었다.

만약 가인이가 없었다면 단비를 받아들였을지도 모른다.

"어째 좀 이상하다. 단비가 강의실에 들어오면 제일 먼저 너한테 인사를 건넸는데 말이야."

동수는 나와 백단비 사이에 있었던 일을 모르고 있었다.

"그럴 수도 있지."

"둘 사이에 무슨 일 있었냐?"

"있긴 뭐가 있어. 이런 날도 있고 저런 날도 있는 거지."

"내가 볼 때는 아닌데."

"쓸데없는 소리 하지 말고 책이나 꺼내."

"알았다. 이따 점심 같이 먹자, 내가 오늘은 다 살 테니까."

"오늘 돈 좀 써야 할 거다."

"걱정하지 마라. 지갑에 만 원짜리로 두둑하게 챙겨왔다."

동수의 말이 끝나자마자 교수가 들어왔다. 간단한 인사와 함께 바로 강의가 시작되었다.

*　　*　　*

가인이가 강의를 듣는 곳은 바로 옆 건물이었다.

"누굴 기다리는 거야?"

"같이 점심 먹을 사람."

"종찬이? 현배?"

같은 학과 동기 중에 잘 어울리는 친구들이었다.

"저기 오네."

가인이가 환한 웃음을 지으며 걸어오고 있었다. 가인이는 혼자가 아니었다.

그녀의 옆에는 귀엽게 생긴 여자애가 함께 걸어왔다.

그런 모습을 바라보던 동수가 머리와 옷매무시를 가다듬었다.

"오래 기다렸지?"

"아닙니다. 지금 막 왔습니다."

가인이의 말에 동수가 대답을 했다.

"여긴 학과 동기인 이동수."

나는 가인이에게 동수를 소개했다.

동수는 예전에 한번 가인이를 본 적이 있었지만, 술에 너무 취해 기억하지 못했다.

나 또한 인사불성 상태라 그날 가인이를 소개했는지조차 기억나지 않았다.

더구나 확 달라진 가인이의 외모 또한 알아볼 수 없게 만들었다. 가인이도 동수를 처음 보는 것처럼 인사를 건넸다.

"선배님이시네요. 저는 이번에 새로 경영학과에 입학한 송가인이라고 합니다."

"저는 박예진입니다. 잘 부탁합니다."

가인이의 옆에 있는 여자아이도 이번에 입학한 새내기였다.

"오! 후배님들이시구나. 태수하고는 어떤 관계이신가? 혹시 사촌 동생? 아니면 같은 교회 동생?"

확연히 눈에 띄는 외모를 지닌 가인이에게 동수는 관심을 드러냈다.

그때 가인이의 입에서 당당하게 여자 친구란 말이 튀어나왔다.

"아니요, 태수 오빠 여자 친구예요."

"엉! 여자 친구? 태수야, 너 신입생 OT(오리엔테이션) 갔었냐?"

동수는 가인이의 말에 눈이 커지면서 나에게 물었다.

"안 갔는데."

"아니, 그런데 어떻게 했길래 보물처럼 소중하게 보호해야 하는 새내기의 입에서 거침없이 남자 친구라는 말이 바로 나오냐?"

동수는 이상하다는 듯이 날 바라보았다.

"쓸데없는 소리 하지 말고 밥이나 먹으러 가자."

나는 아무렇지 않게 동수의 등을 밀치며 말했다.

동수는 나에게 강제로 떠밀려 앞장섰다.

우리 뒤로 가인이와 박예진이라고 이름을 밝힌 친구가 웃으면서 따라왔다.

박예진은 아마도 가인이가 사권 법학과 동기인 것 같았다.

"말 좀 해봐. 아니, 나무꾼처럼 목욕하던 선녀의 옷이라도 훔쳤냐? 갑자기 저렇게 예쁜 여자 친구가 어디서 떡하고 나타난 거야?"

동수는 가인이가 들리지 않게 조용한 목소리로 물었다.

"내가 운동을 배우는 사범님의 딸인데, 어떻게 하다 보니 그렇게 됐다."

"아니, 뭐냐? 이미 알고 있던 사이였다고?"

"그래."

"역시 여자는 어릴 때부터 키우는 것도 재미가 있지."

"무슨 소리야?"

"아니야. 한데 정말 겁나게 예쁘다. 혹시 저 친구가 이번에 새내기 중에서 유독 미모가 뛰어나다는 퀸카?"

동수는 슬쩍 뒤를 한번 돌아보며 말했다. 가인이의 외모에서 풍겨오는 포스가 장난이 아님을 인지한 것이다.

"몰라, 인마."

"얌전한 고양이 부뚜막에 먼저 올라간다고. 그래서 백단비가 눈에 들어오지도 않았구나."

"아니라니까. 자꾸 쓸데없는 소리 계속하면 떼어놓고 간다."

"인마, 사전에 아무 언질이 없는 상황에서 갑자기 네 여자 친구가 나타났는데, 친한 친구로서 관심이 갈 수밖에 없잖아. 더구나 우리 과 새내기라는데."

동수의 말이 틀린 말도 아니었다. 이미 이런 일이 일어날 것을 일찌감치 예상은 하고 있었다.

그만큼 가인이의 외모가 뛰어난 것은 물론 그녀의 외모에서 풍겨 나오는 느낌이 다른 사람과는 남달랐다.

구내식당은 학생들로 북적거렸다.

넓은 학교로 인해서 학생들과 교직원이 이용하는 구내식당들도 학과별로 곳곳에 자리 잡고 있었다.

가인이가 구내식당에 들어서자 식사를 하고 있던 학생들의 시선이 자연스럽게 가인이에게로 향했다.

구내식당에 머물고 있는 여자들 중에서 가장 눈에 띄고 독보적인 외모를 자랑했기 때문이다.

특히나 남자들은 가인이에게 눈을 떼지 못했다.

가인이는 그러한 반응에 크게 신경 쓰지 않는 눈치였다.

우린 한쪽에 자리를 잡았다.

"후배님들! 먹고 싶은 것 말만 해. 내가 오늘 점심부터 저녁까지 그냥 풀로 쏠 테니까."

"정말요?"

가인이와 함께 온 박예진이 확인하듯 물었다.

"물론입니다. 오후에 강의도 하나밖에 없으니까, 일찌감치 낮술도 괜찮고. 두 후배님들의 시간은 괜찮으십니까?"

"저희도 강의가 하나뿐이에요."

박예진이 바로 대답했다. 그녀는 은근히 동수에게 관심을 보이는 눈치였다.

가인이도 동수의 말에 반대하지 않았다.

"그럼 결정됐고. 오늘 한번 달려봅시다."

동수는 법원의 판사가 판결하듯이 탁자를 두 번 내려쳤다.

탕탕!

점심을 마친 우리는 오후 강의를 듣는 둥 마는 둥 하다가 동수와 자주 어울렸던 단골술집인 지리산으로 향했다.

지리산에는 이른 시간임에도 불구하고 사람들이 많았다.

다들 신입생들을 끼고서는 술을 마시는 분위기였다.

새 학기가 시작되고 신입생들이 들어오자 학교 주변은 활력이 넘쳐 보였다.

지리산은 경영대생보다는 법대생들이 주로 많이 이용했다.

우리는 동동주에 해물파전을 안주 삼아 마셨다.

"예진이는 그럼 이모하고 같이 생활하는 거냐?"

박예진은 대구 출신이었다. 현재 결혼하지 않고 서울에

서 혼자 생활하던 막내 이모와 함께 생활하고 있었다.

"예, 부모님이 대구에서 가게를 하시니까요. 그나마 이모가 서울에 있어서 다행이죠."

말을 하는 예진이의 얼굴이 어느새 붉은 석류처럼 빨갛게 변해 있었다.

"하긴 혼자서 생활하긴 쉽지 않지. 자, 거국적으로 한잔 합시다."

동수의 말에 다들 잔을 들었다. 벌써 일곱 번째 거국적인 한잔이었다.

세 번째 주전자를 비우고 네 번째 동동주를 마실 때에 지리산의 문이 열리면 학생들이 우르르 들어왔다.

십여 명이 넘는 사람 중에서 반가운 얼굴이 보였다.

다름 아닌 예인이었다.

"예인아!"

가인이가 손을 흔들어 예인이를 불렀다.

우린 창문 앞쪽에 앉아 있어 눈에 쉽게 띄었다. 예인이가 가인이를 보고는 우리가 있는 테이블로 걸어왔다.

"언제 온 거야? 둘 다 얼굴이 봉숭아물 들인 것 같아."

예인이는 나와 가인이를 바라보며 말했다.

"그렇게 됐다. 동기들하고 온 거냐?"

"어, 선배님들도 몇 분 계시고."

예인이가 나와 이야기를 나누자 함께 들어온 남자들의
시선이 모두 우리 쪽으로 향해 있었다.

그들의 시선은 그다지 호의적인 눈빛이 아니었다.

"이분은 누구시냐?"

동수가 예인이를 보자 무척이나 궁금해하는 표정으로 내
게 물었다.

"제 쌍둥이 동생이에요."

나 대신 가인이가 대답했다.

"어, 가인이하고는 전혀 다르게 생겼는데."

동수는 가인이와 예인이를 번갈아 보며 말했다.

"가인이와 예인이는 이란성 쌍둥이야."

"그렇구나. 반갑습니다. 저는 태수 동기이자, 가인이 과
선배인 이동수라고 합니다."

"학교 선배님이신데 말 놓으세요."

가인이에게는 말을 놓고 예인이에게 말을 놓지 않은 동
수의 소개가 우스웠다.

"처음이니까요. 이제부터 말 놓을게. 가인이처럼 정말
미인이구나."

그때였다.

가인이와 함께 들어왔던 사람 중의 하나가 우리 쪽으로
걸어와 예인이에게 말을 건넸다.

"예인아, 선배님이 자리로 오라는데."

"어, 그래. 바로 갈게. 그만 가봐야겠다. 이따 집에 갈 때 같이 가."

"알았어."

예인이는 가인이의 대답을 듣고는 자신의 동기들이 있는 쪽으로 향했다.

예인이가 법학과 학생들이 있는 자리로 돌아가자 마치 여왕이 먼 나라에 갔다가 귀환한 것처럼 서로들 자신의 자리를 양보하려는 모습이었다.

그들 중에 섞여 있는 여자 두 명은 그런 남자들의 행동에 불만스러운 표정이 역력했다.

나는 그 모습에 절로 웃음이 나왔다.

"후후! 예인이의 인기가 좋은가 보네."

"인기가 좋은 정도가 아니라 혜성이 별에 충돌해 폭발하듯이 인기가 폭발할 거다. 그런데 자매가 둘 다 키도 크고 미인에다가 공부도 잘하면 너무 반칙 아니야?"

동수는 내 말에 바로 살을 붙이며 말했다.

"공부도 보통 잘하는 게 아니지, 가인이는 문과 수석으로 들어왔고 예인이는 전체 수석이야."

"허! 이건 정말 하늘이 너무 불공평하다. 그렇지 않니, 예진아?"

동수는 내 말에 고개를 절레절레 흔들며 예진이에게 물었다.

"예, 선배님 말씀이 맞는 것 같습니다. 저도 가인이를 처음 볼 때 너무 예쁘다는 생각을 했습니다."

박예진은 조금은 혀가 꼬인 듯한 목소리도 대답했다.

"역시! 아까부터 느낀 것이지만 예진이는 나랑 뭔가 통하는 게 있어. 자! 한잔하자."

"예, 선배님."

탁!

박예진은 동수의 말이 좋은지 술잔을 부딪치며 바로 술을 비웠다.

가인이도 이젠 마음껏 술을 마실 수 있게 되어서인지 술잔을 빠르게 비웠다.

다시금 동동주 한 통을 다 비울 때에 지리산의 문이 열리며 두 사람이 지리산으로 들어왔다.

둘 다 호남형의 인물들로 곧장 예인이가 있는 자리로 향했다. 두 사람의 등장에 술을 마시던 법대생들이 일제히 일어나 고개를 숙이며 인사를 건넸다.

Chapter 12

　법대생들은 두 사람의 등장에 약간은 긴장한 모습을 보였다. 아마도 3～4학년 선배일 것 같다는 생각이 들었다.

　두 사람은 자리에 앉자마자 예인이에게 말을 붙이는 모습이었다. 무슨 말을 했는지는 모르지만, 예인이가 환하게 웃는 모습이 눈에 들어왔다.

　"예인이가 즐거워하는 것 같네."

　"그렇게. 하긴 대학에 들어오기 위해 정신없이 공부만 했으니까. 여러 사람과 재미있게 어울리니까 재미있겠지."

　내 말에 가인이가 법대생들이 모여 있는 곳을 바라보며

말했다.

그때 동수가 술잔을 들며 말했다.

"자! 두 후배의 멋진 학창 시절을 위해 건배하자."

동수는 건배할 거리를 계속 만들어냈다.

"가인이와 예진이의 멋진 날들을 위하여!"

"위하여!"

동수의 말에 우리는 힘차게 외쳤다.

그동안 가인이와 예인이는… 아니, 이 자리에 있는 새내기들 모두가 오로지 공부뿐이었다.

이들 모두는 즐길 권리가 있었다.

"선배님은 여자 친구가 있으세요?"

양 볼에 보기 좋게 홍조가 올라온 박예진이 동수에게 물었다.

"나야 물론 없지. 다들 내가 혼자라는 걸 잘 믿지는 않지만 말이야. 여긴 있는 나의 평생지기인 태수가 알 듯이 나에게 다가오는 여자들을 일부러 밀어냈지."

동수는 무척 고뇌하는 표정을 말을 했다. 동수의 말은 반은 맞고 반은 틀린 말이었다.

"여자를 싫어하시는 거세요?"

"아니, 그런 것 아닌데. 뭐라고 해야 하나, 여기 이 가슴을 뛰게 하는 인연을 못 만났다고 말하는 게 맞겠지."

동수는 자신의 왼쪽 가슴을 치며 말했다.

"멋지다! 선배님은 분명 올해 인연을 만나실 거예요."

내 귀에는 어이없는 말로 들렸는데 박예진은 두 손을 모으며 동수의 말을 진심으로 받아들였다.

지리산에서 술을 마시고 있는 사람들 모두가 가인이와 예인이를 슬쩍슬쩍 쳐다보기 바빴다.

두 사람 중에 어느 쪽이 외모가 더 괜찮은지 의견을 나누기도 했다.

이래저래 가인이와 예인이의 외모는 어딜 가든 화제를 낳았다.

예인이가 함께하고 있는 자리에는 자주 큰 웃음소리가 들려왔다.

나중에 등장한 두 사람은 누구라고 할 것 없이 적극적으로 예인이에게 말을 붙이고 호감을 사기 위해 노력하는 모습을 보였다.

두 사람뿐만 아니라 예인이 주변에 있는 남자들은 예인이가 말을 할 때마다 크게 호응하며 반겼다.

예인이와 함께하고 있는 두 여학생의 표정은 여자는 일단 예쁘고 봐야 한다는 표정이었다. 자신들이 말을 할 때와 예인이가 말할 때의 호응이 눈에 보일 정도로 달랐다.

그렇다고 그게 불만이라고 말을 할 수도 없는 상황이었다.

뒤늦게 지리산에 나타난 두 사람은 법대 4학년 선배들로 이미 사법시험(사법고시) 1차를 가볍게 패스한 인물들이었다.

1차 사법시험은 헌법, 민법, 형법의 필수과목 3과목과 형사정책, 국제법, 노동법 등의 선택과목 중 1과목 총 4과목을 치른다. 1차 시험은 통상 5지 선다형(최대 8지) 객관식 시험으로 치렀다.

과락이 존재해 매 과목 4할 이상을 득점하여야 한다. 전년도의 1차 시험 합격자는 1차 시험을 면제받을 수 있다.

올해는 16,424명이 1차에 응시하여 821명만이 합격했다.

2차 논술형 시험과 3차 시험인 면접이 남았지만 두 사람 다 졸업과 함께 사법고시에 최종 합격하리라는 것이 법대생들과 교수들의 생각이었다.

그만큼 머리와 실력이 두 사람 다 뛰어났고 3년 내내 장학금을 받고 학교에 다녔다. 그중 금테 안경을 쓴 안영수는 예인이처럼 서울대 전체 수석으로 입학했다.

그 옆에 키가 크고 호남형 스타일의 다른 인물은 박성태였다.

두 사람의 공부 방법과 사법시험 노하우를 알고 싶어 하는 후배들은 두 사람이 1학년 때 만든 법학 동아리인 디케

(그리스 신화에 등장하는 정의의 여신)에 들어가고 싶어 했다.

디케는 1학년부터 3학년생까지 단 열 명만 받아들여서 활동하고 있었는데, 다들 디케에 들어간 후에 성적이 크게 향상되었다.

디케에 들어가고 싶어하는 사람은 많았지만 아무나 받아주지 않았고, 두 사람이 선택한 사람에 한해 테스트를 통해서 선발했다.

그런 안영수와 박성태였지만 올해 서울대 전체 수석으로 들어온 예인이에게는 디케에 가입하기를 먼저 권하고 있었다.

"디케에 들어오면 학교 생활에도 많은 도움이 될 거야. 예인이도 앞으로 사법시험을 볼 거잖아?"

안영수는 안경을 콧등으로 밀어 올리며 말했다.

"예, 선배님들처럼 단번에 붙고 싶어요."

"하하하! 그러면 디케에 들어와. 예인는 특별히 테스트 없이 받아줄 테니까."

디케 가입에 관해 까다롭기로 소문이 난 박성태가 웃으면서 말했다. 그는 아버지가 서울대 법학과 교수이기도 했다.

"생각해 주셔서 감사합니다. 생각을 해보고 말씀드릴게요."

"그래. 긍정적으로 생각해야 한다."

박성태가 다시 한 번 예인이에게 다짐하듯 말했다.

"예"

두 사람은 예인이를 대하는 태도가 확연히 달랐다.

자리에 앉아 있는 사람들도 두 사람에게 선택을 받고 싶어 했지만 다른 사람에게는 디케에 가입하라는 말을 꺼내지 않았다.

담배를 피우러 나간 동수를 따라 박예진도 밖으로 나갔다. 처음 만난 사인데도 마치 몇 년을 만난 연인처럼 말이 잘 통하고 동수를 잘 따랐다.

동수 또한 그런 박예진의 행동이 싫지 않은 모습이었다.

"천생연분을 만났나. 담배를 한 갑 피울 시간이 지나는데도 들어올 생각을 안 하네."

"그런데 예진이가 동수 선배를 잘 따르네. 처음 OT 때 만났을 때는 남자를 만날 생각이 없다고 하던데."

"동기 중에는 마음에 드는 사람이 없었나 보지."

"그런 건가? 난 잘 모르겠어. 남자로 보이고 관심이 가는 사람은 오빠밖에 없어서 그런지 말이야."

"하긴 내가 남자답고 매력이 철철 넘치기는 하지."

가인이에게 한 소리 들을 생각으로 던진 말이었다. 하지만 가인이의 입에서는 내 생각과 전혀 다른 대답이 흘러나왔다.

"그래서 내가 옆에 이렇게 붙어 다니는 거야. 혹시 외국 나가서 여자를 만난 일은 없었지?"

"물론이지. 그럴 시간조차 가질 수 없었다. 정말 오늘과 같이 여유로운 날은 특별한 날이야."

솔직히 슈퍼모델인 케이트 모스와 만남이 양심에 찔리긴 했지만, 곧이곧대로 말할 수는 없었다.

"지금처럼 앞으로도 쭉 다른 여자에게 눈길을 주지 마. 만약 그런 일이 일어나면 상상할 수 없는 고통을 온몸으로 체험하게 될 테니까."

가인이가 마지막 말을 전할 때에 정말 무시무시한 기운이 폭사되었다.

사람에게 흘리는 기운만으로 사람의 몸을 떨게 할 수 있다는 것이 놀라웠다.

가인이는 반드시 자기가 한 말을 지킬 것이다.

"야, 그걸 말이라고 해? 세상에서 가인이보다 더 예쁜 여자가 어디 있다고."

바로 눈앞에 있었다. 법대생들에게 둘러싸여 있는 예인이와 가인이의 미모는 막상막하였다.

사람의 따라서 호불호가 갈릴 뿐, 예인이가 예쁘다는 사람이 있었고 가인이가 더 예쁘다는 사람이 있었다.

"맞아, 나보다 예쁜 여자가 없긴… 하여간 난 오빠밖에 없다는 걸 명심하라고."

자신의 입으로 없다는 말을 하려다가 가인이의 눈에도 예인이의 모습이 들어왔다. 양심에 걸렸는지 가인이가 말을 중간에 바꿨다.

"나도 너밖에 없다. 앞으로 계속 말이야."

"듣기 좋네. 예인이도 오빠처럼 좋은 사람을 만났으면 좋겠다."

"만날 거야. 이젠 어엿한 대학생에다가 앞으로 미팅도 많이 할 거고."

"난 그게 좀 아쉽긴 해."

"미팅 못 해서?"

"당연한 거잖아. 뭐 하지만 미팅이나 소개팅을 해도 오빠 같은 사람을 만날 수는 없으니까. 한데 말이야, 내 눈에 뭐가 씌우긴 쓰였나 봐. 오빠가 세상에서 가장 멋지고 괜찮은 남자로 보이니 말이야."

가인이의 말에 절로 입가에 미소가 지어졌다.

"뭐, 내 입으로 이런 말을 해서 뭐하지만 틀린 말은 하나도 없네. 그리고 남자는 다들 늑대야. 으흠! 나만 빼고."

"풋! 오빠는 늑대가 아니란 말이야?"

내 말에 가인이가 웃기다는 표정으로 말했다.

"오직 한 여자만 바라보고 사랑하는 사람은 늑대라고 말할 수 없는 거야."

난 가인이를 보며 진지하게 말했다. 술기운 때문인지 맨정신에는 할 수 없는 말이 술술 잘도 나왔다.

"웃겨, 이런 멋진 말도 할 줄 알고. 인정해 줄게, 늑대가 아니라는 것을."

가인이는 내 말이 마음에 들었는지 내 손을 살포시 잡으며 말했다.

그때 마침 담배를 피우러 나갔던 동수와 예진이가 들어왔다.

그리고 잠시 뒤 어디서 본 듯한 인물이 지리산으로 들어왔다.

처음에는 바로 생각나지 않았지만, 그가 누군가를 찾는 듯이 두리번거릴 때에 얼굴을 왼쪽에 난 흉터를 보고 깨달을 수 있었다.

바로 내가 운동하는 곳을 찾았던 인물이었다.

그는 다름 아닌 흑천의 호법이자, 정민당의 한종태 사무총장을 경호를 맡게 된 백천결이었다.

백천결이 찾는 인물은 예인이에게 호감을 보이며 말을

붙이던 안영수였다.

안영수는 백천결을 보자마자 자리에서 일어나 그와 함께 밖으로 나갔다.

"아는 사람이야?"

내가 안영수와 나가는 백천결을 계속해서 바라보자 가인이가 물었다.

"어, 내가 아침 운동하는 장소를 빌려달라고 했던 사람. 보통 사람이 아닌 것 같아서."

"음, 어째 걸음걸이가 범상치 않더라."

가인이도 백천결이 보통 인물이 아니라는 것을 느낀 것 같았다.

"그건 그렇고, 자리를 옮길까? 2차는 내가 살 테니까."

"어, 그러면 좋겠는데 예진이가 뭐 좀 도와달라네. 2차는 다음에 하고 오늘은 여기까지 하자."

동수가 예진이를 보며 말하자 박예진은 쑥스러운 듯 고개를 끄덕였다.

아마도 둘이 있고 싶은 모양새였다.

"그래 그럼. 오늘만 날이 아니니까, 다음에는 내가 사마."

"고맙다, 이해해 줘서."

동수가 계산하는 사이에 우리는 지리산을 나갔다. 지리

산에서 두 사람과 헤어진 우리는 발걸음을 근처에 있는 조용한 카페로 옮겼다.

예인이의 술자리가 끝날 때까지 이곳에서 기다릴 생각이었다.

*　　　*　　　*

백천결은 지리산의 위치한 건물 옥상에서 안영수에게 담배를 건네며 말했다.

"공부는 잘되고?"

백천결이 건넨 담배를 공손히 받아 든 안영수는 무척이나 조심스럽게 대답을 했다.

"예, 졸업 전에 모든 걸 끝낼 생각입니다."

안영수가 말하는 것은 사법시험이었다.

"후후! 천산께서도 너에 대한 기대가 크다. 네가 비응조(飛鷹爪)에서 가장 앞서나가고 있으니 말이다."

비응조는 흑천이 정부의 중요기관에 자신의 사람을 심어 놓기 위해 만든 조직이었다. 한마디로 이 나라 정부에게서 흑천을 비호하고 보호하는 임무였다.

신체보다는 머리가 좋은 아이들을 길러 서울대와 같은 명문대는 물론 육사, 공사, 해사 그리고 경찰대까지 입학시

컸다.

그들은 졸업과 동시에 정부의 주요기관에 취업했다.

또한 명문대를 진학한 인물들은 자연스럽게 집안의 후광을 받을 수 있는 인물과 함께 파벌이나 조직을 만들게 했다.

앞으로 사회나 정부기관에 진출할 때에도 학창 시절 맺어놓은 친분 관계를 이용하여 더욱 그들만의 파벌이나 사조직을 강화할 계획으로 말이다.

안영수 말고도 서울대에는 흑천에서 키운 다섯 명의 인물들이 입학해 있었다.

"감사합니다. 더욱 열심히 노력하겠습니다."

"그래야지. 내가 널 찾아온 것은 혹시나 서울대 내에 무공을 익힌 인물이 있는지 해서 말이다. 도운이 이곳까지 온 흔적을 찾았는데, 이곳까지 온 이유가 명확하지 않다."

안영수도 척살단의 도운이 당했다는 소식을 전해 들었다.

"무술을 취미로 함께 배우는 동아리는 있습니다만 그곳의 인물들 모두가 제대로 기운을 내는 인물들은 아닙니다. 제가 한 번 알아보겠습니다."

"그래. 도운을 백치로 만든 놈을 잡아야 너희도 걱정 없이 생활할 수 있을 거다. 한동안은 서울에 머물 예정이니 무슨 일이 있으면 이 번호로 연락해라."

백천결이 건넨 명함에는 전화번호와 삐삐번호가 적혀 있었다.

"예, 호법님."

안영수는 두 손으로 공손히 받으며 말했다. 그에게서 있어 백천결은 우상과도 같은 존재였다.

백천결 또한 서울대를 졸업한 인물이었다.

문(文)과 무(武)를 동시에 갖춘 백천결은 향후 흑천의 차기 문주 자리에 오를 유력한 인물이기도 했다.

그가 도운의 행적이 서울대로 이어진 것을 알게 되었다.

『변혁 1990』 14권에 계속…

초대형 24시 만화방

!간 100%, 샤워실, 흡연실, 수면실(침대석), 커플석, 세탁기 완비

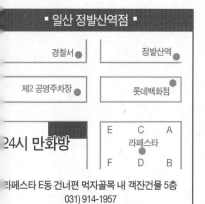

▪ 일산 정발산역점 ▪

라페스타 E동 건너편 먹자골목 내 객잔건물 5층
031) 914-1957

▪ 강북 노원역점 ▪

서울 노원구 상계동 340-6 노원역 1번 출구 앞 3층
02) 951-8324

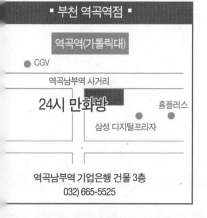

▪ 부천 역곡역점 ▪

역곡남부역 기업은행 건물 3층
032) 665-5525

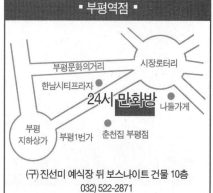

▪ 부평역점 ▪

(구) 진선미 예식장 뒤 보스나이트 건물 10층
032) 522-2871

현대 소환술사

THE MODERN SUMMONER

FUSION FANTASTIC STORY

현윤 퓨전 판타지 소설

하늘이 무너져도 솟아날 구멍은 있다!

드래곤의 실험으로 모진 고난을 겪어야 했던 레비로스!
우여곡절 끝에 소환술사가 되어 최강의 자리에 오르지만
운명은 그를 나락으로 떨어뜨린다.

『현대 소환술사』

다시 한 번 주어진 삶!
그러나 그마저도 암울하기 그지없는데……

소환술사 레비로스의
인생 역전이 시작된다!

Book Publishing CHUNGEORAM

가프 장편 소설

관상왕의
1번룸

FUSION FANTASTIC STORY

거대한 도시의 그늘에서 벌어지는
짜릿하고 통쾌한 이야기!

『관상왕의 1번룸』

텐프로의 진상 처리 담당, 홍 부장.
절망적인 삶의 끝에서 만난 남국의 바다는
그를 새로운 인생으로 인도하는데…….

쾌락을 원하는 거부, 성공에 목마른 사업가,
그리고 실패로 절망한 사람들이여.

여기, 관상왕의 1번룸으로 오라!

Book Publishing CHUNGEORAM

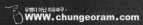

유행이 아닌 자유추구 -
WWW.chungeoram.com

FUSION FANTASTIC STORY
미더라 장편 소설

ODD LAWYER

Devil's
Balance

괴짜 변호사
악마의 저울

『즐거운 인생』 미더라 작가의
2015년 대작!

현직 변호사, 형사, 프로파일러, 범죄심리학 전문가 자문으로
현장의 생생함을 그대로 담아낸 현대 판타지!

『괴짜 변호사 : 악마의 저울』

"제가 왜 한 번도 패소한 적이 없는 줄 아십니까?"

"……"

"저는 법으로만 싸우지 않거든요."

법의 칼날 위에서 춤추는 자들과의
치열한 공방이 펼쳐진다!

Book Publishing CHUNGEORAM

유행이 아닌 자유추구 -
WWW.chungeoram.com

박선우 장편 소설
FUSION FANTASTIC STORY

PERFECT GAME

퍼펙트 게임

고통과 좌절의 시간들을 뛰어넘어
불사조처럼 일어나 세계를 제패한 사나이의 일대기.

대한민국을 넘어 메이저리그를 평정하며
명예의 전당에 헌정된 언터처블 투수, 이강찬.

강철 같은 어깨에서 뿜어져 나오는 그의 패스트볼은
무적이었으며 야구계에 길이 남을 **신화**였다.

야구만을 사랑했던 고독한 사나이.
그의 퍼펙트게임이 이제 시작된다!

Book Publishing CHUNGEORAM

부천이어난치유연구
www.chungeoram.com

가프 장편 소설

관상왕의
1번룸

FUSION FANTASTIC STORY

거대한 도시의 그늘에서 벌어지는
짜릿하고 통쾌한 이야기!

『관상왕의 1번룸』

텐프로의 진상 처리 담당, 홍 부장.
절망적인 삶의 끝에서 만난 남국의 바다는
그를 새로운 인생으로 인도하는데…….

쾌락을 원하는 거부, 성공에 목마른 사업가,
그리고 실패로 절망한 사람들이여.

여기, 관상왕의 1번룸으로 오라!

Book Publishing CHUNGEORAM

유행이 아닌 자유추구 -
WWW.chungeoram.com

현대 소환술사

THE MODERN SUMMONER

FUSION FANTASTIC STORY

현윤 퓨전 판타지 소설

하늘이 무너져도 솟아날 구멍은 있다!

드래곤의 실험으로 모진 고난을 겪어야 했던 레비로식
우여곡절 끝에 소환술사가 되어 최강의 자리에 오르지만
운명은 그를 나락으로 떨어뜨린다.

『현대 소환술사』

다시 한 번 주어진 삶!
그러나 그마저도 암울하기 그지없는데…….

소환술사 레비로스의
인생 역전이 시작된다!

Book Publishing CHUNGEORAM

유행이 아닌 자유추구 —
WWW.chungeoram.com